Gulliver Taschenbuch 759

Kristina Dunker, geboren 1973 in Dortmund, schreibt seit ihrem vierzehnten Lebensjahr Geschichten und veröffentlichte ihr erstes Buch *Mit Kopf und Bauch und überall* mit 17 Jahren. 1993 erschien *Liebe gibt's nicht*, weitere Jugendromane folgten. Kristina Dunker studiert Kunstgeschichte, Archäologie und Theaterwissenschaften in Bochum.

Kristina Dunker

Liebe gibt's nicht

Erzählung

BELTZ
& Gelberg

Für Klaudia

Gesetzt nach der neuen Rechtschreibung

Dieses Buch ist auf Papier aus
chlorfrei hergestelltem Zellstoff gedruckt.

Gulliver Taschenbuch 759
1997 Beltz Verlag, Weinheim und Basel
Programm Beltz & Gelberg, Weinheim
Lizenzausgabe

Reihenlayout von Wolfgang Rudelius
Gesamtherstellung Druckhaus Beltz, 69494 Hemsbach
Printed in Germany
ISBN 3 407 78759 6
1 2 3 4 5   01 00 99 98 97

Ich hasse diesen Regen!
Nichts ahnend strample ich mit meinem Fahrrad durch den Wald, als mich dieses Unwetter überfällt. Natürlich habe ich auch nicht den Schirm mitgenommen, den Guido mir angeboten hat. Mit 'nem Regenschirm auf dem Fahrrad, eine drollige Idee, ich bin doch kein Zirkusclown. Außerdem hätte ich sowieso nach zehn Metern in der Matsche gelegen.
Ich keuche durch den Wald, während über mir die Frühjahrsstürme toben, bei denen immer das ganze morsche Geäst runterkommt.
Nach fünf Minuten kleben mir die nassen Haare im Gesicht und nach zehn Minuten fühlen sich meine Wangen an, als hätte ich zu heiß gebadet.
Jetzt reicht's mir, irgendwo muss ich mich unterstellen. Es ist nur die kleine Kapelle in der Nähe.
Ich springe vom Rad und schubse es gegen die Mauer. Es fällt scheppernd um. Aber das ist mir egal, Hauptsache, ich komme erst mal ins Trockene. Ich stürze hinein und höre die Tür hinter mir zuschlagen. Vorsichtig sehe ich mich um. An Gott glaube ich nicht, auch nicht an Guidos Liebe, obwohl er mir die täglich verspricht.
Da stehe ich nun, von Wind und Regen zerzaust, wie

unsere Katze, wenn sie morgens heimkommt. Sie würde sich auf die Hinterpfoten setzen, sich den Flohbiss am Ohr kratzen und sich erwartungsvoll über die Schnauze lecken.
Ich bin nicht zu Hause.
Ein kleiner Raum mit weißen Mauern und graublauen Holzbänken, überall abblätternde Farbe. Ich setze mich und höre dem Klopfen der Regentropfen zu. Hoffentlich klaut keiner mein Rad, aber wer könnte schon etwas mit der Kiste anfangen.
Zwanzig nach vier. Ich fange leise an zu pfeifen. Das tue ich oft, wenn ich alleine bin, oder ich singe, beim Spülen in der Küche, auf dem Schulweg, unter der Dusche.
Plötzlich höre ich von irgendwoher ein Geräusch. Die ganze Zeit war da schon so etwas, aber ich hatte nicht gedacht, dass es menschliche Laute waren. Im ersten Moment habe ich Panik. Ich springe auf und will zur Tür rennen. Wer treibt sich schon am Mittwoch Nachmittag um halb fünf in der Kirche am Waldrand rum? Jedenfalls keine normalen Menschen. Irgendwelche Landstreicher, Penner, Perverse oder sonst so ein Gesindel.
Rückwärts mache ich ein paar Schritte auf den Ausgang zu. Da ist das Geräusch wieder. Ein Schluchzen. Oje, warum bin ich nur hier reingekommen.
Ich habe die Tür erreicht und will gerade abhauen, als ich sie entdecke. Sie kauert in einer Ecke und hat den

Kopf auf die Knie gestützt. Jetzt streicht sie sich die langen Haare aus dem Gesicht und sieht mich an. Das ist ja die Sabine.

Ach Gott, nein! Ausgerechnet die Inga! Wo kommt die denn her? Sie muss sich verlaufen haben oder sie spioniert mir nach. Diese ausgeflippte Gans. Wie sie schon wieder aussieht. Jeden Monat tönt sie ihre Haare neu, immer eine neue Farbe: aprikose, pink oder aubergine. Bestimmt kommt sie gerade von ihrem Freund. Ich glaube, Guido ist es diesmal. Die Freunde wechselt sie genauso oft wie die Haarfarbe.
Ob sie mich erkannt hat? Sie winkt. Soll ich zurückwinken? Warum nicht. Schließlich geht sie in die gleiche Stufe.
»Was machst du denn hier?«
Sie kommt herüber, langsam, mit wippendem Gang, setzt sich neben mich, zuckt mit den Schultern, grinst.
»Ich suche Ruhe, und du?«
»Was? Ach so. Äh …«
Warum guckt sie denn so blöd. Aber natürlich, Ruhe ist für sie ein Fremdwort. Sie hört nur auf zu zappeln, wenn ihr Walkman kaputt ist oder Guido sie festhält. Ja, ich weiß, ich bin gemein, aber sie kommt einfach hierher, gerade dann, wenn ich Kummer habe und nirgendwo sonst hingehen kann. Und morgen weiß das dann die ganze Schule.

Wie sie mich anguckt. Als ob ich aus einer anderen Welt wäre. Entschuldige mal, Inga, du bist hier eingedrungen. Erst schlägst du die Tür zu, dass das Haus halb zusammenfällt, dann pfeifst du laut, falsch und ordinär, und dann kommst du auch noch rüber, pflanzt dich neben mich und glotzt mich dreist an.
»Was willst du eigentlich hier?«
»Der Regen war so stark. Ich bin mit dem Rad unterwegs, da musste ich mich irgendwo unterstellen.«
Ich nicke. Zicken wie Inga müssen sich immer irgendwo unterstellen. Ich bin nicht so aus Zucker in der Beziehung, ich find's einfach schön, den Wind in den Haaren, die Sonne im Gesicht.
Wir schweigen, natürlich schweigen wir, wir reden doch auch sonst kaum miteinander, warum also sitzt sie jetzt neben mir und guckt mich so blöde an.
Merkt sie denn nicht, dass ich verzweifelt bin, dass ich geweint habe, dass ich allein sein will?!
Ich schäme mich richtig. Das ist immer so bei mir. Dabei ist das doch nicht meine Schuld. Sie hätte ja nicht herkommen müssen. Deshalb habe ich mich auch die ganze Zeit ruhig verhalten.
Sie hat einen Knutschfleck am Hals.
Na wunderbar. Ich könnte gleich wieder losheulen.

O nein, jetzt flennt die schon wieder. Langsam komme ich mir echt blöd vor. Ob ich gehen soll?
Aber ist das nicht noch blöder? Feige abhauen und sie so hier sitzen lassen? Nein, das kann ich nicht. Das tue ich nicht. Aber ich kann sie doch nicht einfach in die Arme nehmen und trösten.
Ich kenne sie doch gar nicht. Sie geht in die gleiche Schule und heißt Sabine. Na gut, aber sie soll so komisch sein. Seit Jahren hat sie denselben Freund. Stell sich das einer vor, das arme Mädchen, immer der gleiche Typ, das ist ja nicht zum Aushalten.
Außerdem ist sie so verschlossen und wie sie angezogen ist – na ja, meine Oma würde das vielleicht hübsch finden. Sie ist schon so ’ne graue Maus und trägt nur so komische Strickpullover. Ich weiß nicht. Sie verunsichert mich, sie stößt mich fast ein bisschen ab, aber sie weint und noch dazu in einer Kirche, da muss ja irgendetwas Schlimmes passiert sein. Ich kann nicht einfach gehen. Blöde Situation.
Irgendetwas muss ich sagen, aber ich weiß nicht was, mit den Worten klappt das nicht so, ich sage nie, was ich eigentlich meine.

»Was ist denn los?«

Sie legt den Arm um meine Schultern und ich beginne zu zittern und habe nicht mal mehr ein Taschentuch.

Inga holt eins aus ihrer Hosentasche, es ist vom Regen völlig aufgeweicht, aber sie lächelt, als sie's mir hinhält. Ich lächele zurück und augenblicklich sieht sie ganz anders aus. Ihr Gesicht füllt sich mit Bewegung und ungeduldig stellt sie ihre Frage: »Kummer?«

Ich nicke und wünsche mir ganz fest, dass sie nicht weiterfragt. Sicher explodiert sie fast vor Neugierde, es zuckt schon so in ihrem Gesicht, aber vielleicht kommt das von den Sommersprossen, die halten alles in zittriger Unruhe.

Aber sie fragt nicht. Zeichnet mit der Fußspitze Kreise auf den Boden und guckt mich nicht an.

Ich will etwas sagen und öffne den Mund, aber es kommt nur ein unverständlicher Laut heraus, wie das Quaken eines Frosches.

Hilfe, jetzt muss sie mich ganz für bescheuert halten! Warum das auch immer mir passieren muss, so was Dummes, jetzt bekomme ich auch noch ein rotes Gesicht. Ich muss mich doch nicht schämen, sie ist doch gekommen, ich kann nichts dazu.

»Soll ich gehen?«
Ihr scheint es auch peinlich zu sein. Ich zucke die Achseln. Mir ist das doch egal.
Nein, natürlich ist es mir nicht egal, es wäre schön, wenn sie bliebe, aber sie wird nicht bleiben, warum sollte sie?
Ausgerechnet die Inga, die hat doch nur action im Kopf, die hat doch gar kein Gefühl, die …
Sie steht nicht auf.

Jetzt sitze ich noch immer hier rum. Dabei muss ich zu Hause noch jede Menge tun.
Ich glaube, es hat aufgehört zu regnen. Es klopft nicht mehr. Totale Stille. Richtig unheimlich.
Ich muss irgendwas tun, irgendwas sagen.
»Es hat aufgehört zu regnen.«
Ein Nicken von Sabine.
»Ich gehe jetzt.«
Noch ein Nicken von Sabine.
»Kommst du mit?«
Sie hebt den Kopf und guckt mich mit weit aufgerissenen Augen an.
»Was ist, du kannst ja nicht ewig hier rumbrüten.«
Sie seufzt, als koste es sie die größte Überwindung, aber sie steht auf.
Na also.

Draußen kriecht schon wieder die Sonne zwischen den Wolken hervor. Die Pfützen glitzern, alle Welt strahlt, nur mein Fahrrad sieht echt lecker aus. Irgendwie ist es genau im Dreck gelandet.
Wir gehen nebeneinander her und reden über die Schule. Als wir an der Kreuzung sind, wo sie links abbiegen muss, ist mir komisch im Bauch.

»Tschüss bis morgen«, sag ich und versuche meine Gedanken auf das zu konzentrieren, was ich zu Hause tun muss.

Da geht sie. Ihre gefärbten Haare flattern im Wind wie das Gefieder eines exotischen Vogels.

Ich könnte einen Namen für sie erfinden, so etwas wie Kolibri.

Jetzt dreht sie sich um und winkt noch mal.

Und ich stehe noch immer hier herum.

Alex wartet.

Sein Auto steht vor dem Haus. Rot. Er wird fragen, wo ich so lange war.

»Mit einer Freundin weg.«

»Mit wem?«

»Mit Kolibri.«

»Haha, du hast doch gar keine Freundin, denkst du dir wieder was aus, was? Komm her, du brauchst ja auch gar keine Freundin, du hast ja mich.«

Komm her.

Los, geh schon. Inga ist längst weg. Auf zu neuen Abenteuern. Ich nicht. Ich gehe und meine Füße fühlen sich an, als wären Gewichte daran befestigt, die mich nach unten ziehen.

Ich hab den starken Wunsch, mich umzudrehen und Inga nachzurennen, dem Kolibri, diesem verrückten Vogel, das ist es, was sie ist, und ich bin eine gerupfte Amsel, die brav in ihr Nest zurückkehrt.

Noch als ich klingele, möchte ich am liebsten umkehren. Vielleicht in die Kirche zurück. Eigentlich ist es egal, wohin.
Meine Mutter öffnet die Tür, meine Mutter mit Lockenwicklern im Haar und der Bügelschürze um den Bauch.
»Hallo, Kleines, wo warst du denn so lange? Dein Freund ist oben, er wartet schon. Mach doch nicht immer so'n Gesicht, er wollte dich schon suchen gehen, aber bei dem Regen …«
Gott sei Dank, denke ich und hänge meine Jacke auf.
»Ich hab euch einen Tee gemacht, du kannst die Sachen mit rauf nehmen, wenn du willst.«
»Jetzt nicht, Mama, lass mal.«
Ich schleppe mich die Stufen hinauf, aus meinem Zimmer Musik, ich öffne die angelehnte Tür, stecke den Kopf rein wie eine Fremde. Alex hat's sich auf meinem Bett bequem gemacht, eine Zeitschrift in der Hand, neben sich eine halb leere Chipstüte.
»Wo kommst du denn her?«
Ich zucke mit den Schultern.
Er greift raschelnd in die Chipstüte und steckt sich eine ganze Hand voll in den Mund. Das Krachen der Chips zwischen seinen Zähnen verursacht mir gleich eine Gänsehaut.
Er mustert mich von oben bis unten, während ich steif im Raum stehen bleibe, völlig verklemmt, wie Inga sagen würde. Inga – was sie jetzt wohl macht?

»… nicht mal eine Antwort kriege ich mehr!«
»Ja. Entschuldige.«
Es tut mir Leid.
Er zieht mich zu sich aufs Bett und versucht mich zu küssen, wobei wir zur Seite fallen und die Chipstüte umkippt. Ich versuche noch sie aufzufangen, aber er zieht mein Gesicht zu seinem, so dass wir uns ganz nah sind.
»Bienchen, Bienchen«, nennt er mich und lächelt. Also ist er nicht mehr sauer.
In seinen Mundwinkeln kleben Krümel. Ich ekele mich davor. In diesem Moment rettet mich meine Mutter, sie kommt mit den Teetassen an, bleibt genau wie ich vorhin mitten im Zimmer stehen, sagt:
»Oh, Entschuldigung, ich wollte nicht stören«, und verschwindet mit beleidigtem Blick.
Die Tassen stehen einsam dampfend auf meinem Schreibtisch. Mir ist zum Heulen, das geht auch von Alex Küssen nicht weg. Aber vielleicht kommt der salzige Geschmack auf der Zunge ja nur von den Chips. Vielleicht.
Ich schließe die Augen. Um Alex Hände und Lippen abzuwehren, bräuchte ich mehr als nur zwei Arme, das habe ich alles schon ausprobiert. Viel eher scheint es mir, als bekäme er jedes Mal neue Polypenarme, wie der Krake, dem gleich neue Arme wachsen, wenn man einen abschlägt.
Wie hieß der noch? Ich stehe doch so auf Namen, gebe

mir selbst jeden Tag einen neuen, je nach Stimmung und Laune. Sabine bin ich eigentlich nie. Der Name ist mir fremd, wenn ich in der Schule so aufgerufen werde, weiß ich zuerst nicht, wer gemeint ist.
Heut bin ich eine dumme, gerupfte Amsel, während Inga der stolze, farbenprächtige Vogel ist.
»Bienchen, Bienchen, wieder ganz in Gedanken«, höre ich Alex' feuchte Stimme an meinem Ohr.
Es müsste etwas geschehen, ich brauche einen neuen Namen, einen, mit dem ich mich aus seinen Armen winden kann. Wie ein Schwarm winziger Fische, ultraviolettblaue, die geheimnisvoll schimmern, wenn ein Sonnenstrahl unter die Wasseroberfläche dringt. Die schon verschwunden sind, bevor Alex seine Arme nach mir ausstrecken kann.

Fische! Ich kenne keine Viecher, die blöder und langweiliger sind! Wie sie mich anglotzen und hinter der Aquariumscheibe hin und her schwimmen.
Ich gebe ja zu, dass die Scheibe dreckig ist und das Wasser schon muffelig riecht.
Ich habe trotzdem keine Lust, das Ding sauber zu machen. Fische reizen mich sowieso nicht. Sie sind stumm und einfallslos wie Sabine – was sie wohl heute hatte? Sie wirkte so verloren, wie sie da stand und mir nachgeguckt hat mit ihren großen Augen und dem halb offenen Mund, wie ein Koffer, der so voll mit Worten ist, dass der Deckel nicht mehr zugeht.
Erst wollte ich sie einladen, aber das hätte ich dann doch nicht so locker rübergebracht, glaube ich.
Aber jetzt bin ich neugierig geworden, ich weiß nicht wieso, aber irgendwie hab ich Lust, sie kennen zu lernen.
Zuerst die Fische. Ach, wie mich das nervt, immer muss ich Sachen tun, die ich gar nicht will. Dauernd muss ich so was machen: Kartoffeln schälen, spülen und für die Schule lernen. Wie ich Sabine einschätze, braucht die gar nichts zu machen, die wird von morgens bis abends verwöhnt, und in Mathe kann ihr ihr toller Freund helfen.

Der hat schon vor zwei Jahren Abi gemacht und ist fast fünf Jahre älter als sie. Das ist so'n Hyperintelligenter, so'n Streber mit Leistungskurs Mathe und Physik.
Schon der bloße Gedanke erzeugt nichts Gutes bei mir. Typen wie der machen mich schon misstrauisch. Das ist so'n Computerfreak und Physiker, der hat schon so einen berechnenden, analytischen Blick.
Ob ich Guido noch anrufe?
Ach nein, Guido ist auch nicht mein Fall. Nie passiert mir was Irres, wenn ich mit ihm zusammen bin.
Heute waren wir zum Beispiel bei ihm – toll, und was haben wir gemacht? Mensch-ärgere-dich-nicht gespielt mit seiner kleinen Schwester. Ein furchtbar nerviges Balg, wollte immer nur gewinnen. Und ich habe da rumgesessen, ein Bein übers andere geschlagen und mit den Zehen gewackelt. Nicht mal rauchen konnte ich. Ach, einfallslos wie Guido ist, der würde zu Sabine passen, wirklich, so was ist schon irgendwie krankhaft.
Nach 'ner Stunde ist seine kleine Schwester endlich abgehauen, da haben wir dann ein bisschen rumgeschmust – ganz romantisch mit Kuschelrock-Musik. Schön war's ja, aber es ist eben nicht das, was ich suche. Ich habe einen Schwarm, wenn ich den nur von weitem sehe, setzen bei mir alle lebenswichtigen Funktionen aus.
Aber der ist im Moment nicht erreichbar.

Ich fürchte, meine Haarfarbe gefällt ihm auch nicht.
Ich sollte sie mal wieder runderneuern.
Abwechslung ist wichtig für mich.

Arme Inga. Gestern haben wir eine Mathearbeit geschrieben, da sah sie nicht sehr glücklich aus. Soweit ich das sehen konnte, hat sie auch kaum etwas geschrieben. Ich hätte ihr gerne geholfen, aber sie saß so weit entfernt von mir. Außerdem traue ich mich dann immer doch nicht, solche gewagten Sachen mache ich nicht gerne. Ich weiß schon, wie sich das anhört: langweilig. Dabei gebe ich mir schon Mühe, schließlich kann ich mich nicht von einem zum anderen Tag umkrempeln.

Das will ich auch nicht.

Inga tut ja nur so, als ob sie etwas Besonderes wäre.

Trotzdem. Mir ist komisch, alles ist durcheinander und ich habe Krach mit Alex.

Oje. Daran bin ich Schuld.

Wenigstens hat Inga nicht in der Schule rumerzählt, dass sie mich vorgestern in der Kirche erwischt hat. Erwischt. –

Wie sich das anhört, als hätte ich etwas verbrochen.

Anfangs war ich mir sicher, dass sich das wie ein Lauffeuer herumspricht, aber nichts ist passiert.

Ich sitze gerade in meiner Freistunde und denke an sie, als sie auch prompt vorbeikommt.

Da ist sie.

Sie reißt wieder wie eine Wilde die Tür auf und stürmt auf mich zu. Ich gönne mir einen Blick auf die Uhr. Sie ist spät dran. Die Stunde hat bereits vor 20 Minuten angefangen.
»Hallo!«
Sie ist völlig aus der Puste, bleibt stehen und schüttelt ihre Haarmähne wie ein Hund.
»Oh«, sprudelt sie los, »ich konnte nicht früher kommen! Wirklich, pünktlich um zehn vor zehn habe ich mir meine Tasche geschnappt und bin runter in den Keller um mein Rad zu holen. Ich ahne nichts Böses, mach das Licht an, sitzt da im Gang doch so'ne dicke, fette Spinne an der Wand. Wirklich, so'n Vieh!«
Sie versucht mit kreisenden Armbewegungen die Größe der Spinne zu beschreiben und ich muss lachen.
»Ja und, was hast du gemacht?«
»Ich bin natürlich mit dem Bus gefahren. Stell dir das mal vor, das ist ein ganz schmaler Gang, da wäre ich mit dem Rad doch nie heile durchgekommen!«
Ich kann nicht mehr aufhören zu lachen. Genau so was ist typisch für Inga. Sie lacht mit, fragt dann aber besorgt:
»Was sage ich denn jetzt als Entschuldigung?«
»Na, dass dir eine Spinne den Weg versperrt hat.«
Sie tippt sich an die Stirn.
»Du spinnst ja. Das kann ich doch nicht sagen. Die lachen mich alle aus. Nee, vielleicht sage ich, mir ist am Rad die Kette abgesprungen oder so.«

Ich verstehe nicht, warum sie nicht einfach die Wahrheit sagen kann, aber solche Menschen wie Inga können das vielleicht nicht. Ich sehe sie an. Auf jeden Fall ist sie witzig. Gerne wär ich auch ein bisschen so.

»Eigentlich lohnt es sich sowieso nicht mehr hinzugehen.«

Inga setzt sich auf den Tisch, lässt die Beine baumeln.

»Geht's dir besser?«

Ich nicke, aber das ist eine Lüge, das weiß ich genau.

»Ein bisschen«, füge ich hinzu.

»Was war's denn?«

Inga sieht tatsächlich interessiert aus, nicht nur neugierig.

»Mein Freund«, platze ich heraus.

»Wie?«

So ein Problem scheint ihr fremd zu sein. Natürlich, was habe ich denn erwartet. Trotzdem erkläre ich ihr:

»Ich wollte ihn nicht sehen.«

»Wie? Du wolltest ihn nicht sehen?«

»Ich wollte halt nicht.«

»Ja – wo ist da das Problem?«

Sie sieht mich erstaunt an, innerlich ganz gespannt, nicht mal ihre Beine bewegen sich mehr.

Ich glaube, mir stehen schon wieder die Tränen in den Augen. Ich weiß nicht, wie ich's ihr sagen soll, sie wird kaum verstehen können, was ich selbst nicht verstehe. Inga sieht mich noch immer an, hält mich mit ihrem Blick gefangen.

Ich stammele: »Er lässt mich nicht in Ruhe!«
»Wie?«
Kann sie denn nur »wie« sagen?
Ich weiß doch auch nicht, was los ist. Er liebt mich doch. Ich kann ihm doch nicht so Unrecht tun. Er hängt doch an mir. Er würde doch alles für mich tun.
»Er …«
»Ja?«
»Er erdrückt mich.«
Inga nickt weise, als wisse sie genau Bescheid.
»Ich hab mir schon so was gedacht. Du hängst ja nur mit dem Typen rum. Du musst weg von dem.«
»Ich kann nicht.«
Jetzt weine ich wirklich.
Was ist denn nur mit mir los?
Es hat doch alles so schön angefangen vor zwei Jahren.
Seine Liebesbriefe, der Zelturlaub am Stausee, der Tag im Sommer, als wir sein Auto eingeweiht haben. Meine Freundinnen haben das Auto mit Blumen geschmückt, Schilder gemalt mit Sprüchen drauf wie »Just married« und er hat leere Dosen an die Stoßstange gebunden. Mit den anderen hintendrin sind wir scheppernd durch die Stadt gefahren, ich habe mich geschämt, aber es war doch schön und …
»Ich kann nicht weg von ihm.«
»Doch, du kannst!«
»Nein!«

»Warum denn nicht?«
»Er liebt mich!«
»Quatsch.«
Inga springt auf.
»Alles Quatsch, das merk dir mal. Das redet der dir alles nur ein. Hör auf zu heulen, ist ja schlimm, ich muss jetzt rauf zu Sowi. Heute Nachmittag komme ich mal vorbei, dann sehen wir weiter, okay?«
Ich nicke und schon ist sie weg.

Mensch, ob ich mich da mal nicht wieder übernommen habe. Mir ist ganz komisch, ich kann doch jetzt nicht einfach da hingehen und sagen: »Hallo, hier bin ich!«
Ich seh das kommen, wir werden uns blöde angucken und uns nichts zu sagen haben. Vielleicht ist sie ja auch gar nicht da, das wäre das Einfachste.
Nummer 179 ist ein sauber geleckter Neubau mit Blumenkästen an der Tür und einer Klingel, die sich anhört wie unser Pausengong. Brrr – ich schüttle mich. Das könnte ich mir nicht antun, da müsste ich ja zu Hause auch noch an die Schule denken. Nein, wie soll man sich denn da wohl fühlen?
Ich will gerade flüchten, da öffnet sie die Tür. Rundes Gesicht mit roten Flecken, riesige Augen und der tägliche Strickpulli.
»Hallo«, sage ich.
Sie antwortet nicht, ruft nur ein »Tschüss« über die Schulter zurück und ist schon draußen, bevor ich auch nur einen Blick ins Haus werfen kann.
»Wohin gehen wir?«
»Was? – Ach so. Äh, egal…«
»Komm schnell! Alex kommt doch gleich, er darf uns nicht sehen!«

»Wieso nicht?«
»Komm!«

Sie rennt die Straße entlang und ich wetze hinter ihr her. »Sabine, warte doch mal!«
Sie bleibt erst ein paar Häuserblocks weiter stehen und drückt sich in eine Toreinfahrt. Ich bin ganz außer Puste.
»Was sollte das denn jetzt?«
Sie lächelt eigenartig und lehnt sich mit dem Rücken gegen die Wand.
»So ist das eben.«
»Aha, so ist das eben, na toll …«, äffe ich sie nach und weiß nicht, was ich von der ganzen Sache halten soll. Es entsteht ein unsicheres Schweigen, sie knibbelt an ihren Fingernägeln und ich starre auf die fleckige Hauswand und ihr rotes Gesicht.
»Wir könnten Eis essen gehen«, schlägt sie schließlich zaghaft vor.
Na ja, von mir aus.

Wir löffeln Vanilleeis mit Himbeersoße und quatschen über die Liebe. Das heißt: Eigentlich rede nur ich, sie sitzt da, macht große Augen, hält sich an ihrem Löffel fest, nuckelt dran rum, als wär's ein Lolli und stellt mir tausend Fragen.
Was die für Ideen hat. Über so was habe ich mir noch nie Gedanken gemacht.

Ob ich Guido wirklich liebe? Tss, tss, ich und Guido …
»Mit Guido hält das sowieso nicht mehr lange. Er ist so langweilig. Entweder spielt er Handball oder hängt vor der Glotze. Oder – was noch schlimmer ist – er lernt fürs Abi. Das musst du dir mal vorstellen, er büffelt jeden Tag!«
Sie lacht so komisch, dass ich denke, sie verschluckt sich gleich an ihrem Löffel, weil sie aus Versehen ein Stück abgebissen hat.
»Wie bist du'n eigentlich an den gekommen?«
»Er hat mich ins Kino eingeladen und uns noch 'ne Riesentüte Popcorn spendiert. Die hab ich zuerst zwischen uns gestellt, da hat er gedacht, das sei eine Sperre – bis hierhin und nicht weiter. Aber ich bin ein bisschen baselig und hab die Tüte irgendwann umgekegelt und das ganze Popcorn über uns …«
»Und dann?«
»Dann dachte er, die Sperre sei aufgehoben und von da ab hab ich nicht mehr so viel vom Film mitgekriegt …«
Sie schüttelt den Kopf.
»Wegen 'ner Tüte Popcorn …«
Einen Moment lang hat sie so einen unruhigen Ausdruck im Gesicht und lässt den Löffel fallen.
»Mit Alex geh ich nie ins Kino. Er will nur zu Hause bleiben. Ich habe manchmal das Gefühl, das Leben zieht draußen an mir vorbei. So wie Werbefernsehen, wenn du den Ton abgedreht hast und nur die stum-

men Figuren da sind, zwar mit Gesichtern und Gesten, aber so fremd und unverständlich – du gehörst einfach nicht dazu.«
Sie hat ihren Löffel wieder aufgenommen und dreht ihn zwischen den Fingern.
»Was ist das für dich – Liebe?«
»Was?«
»Sag mal!«
»Keine Ahnung.«
»Ich hab – ich hab gerade gedacht, dass Alex an allem schuld ist.«
Au weia. Wie sie jetzt aussieht. Kaum zu glauben, dass sie gerade noch gelacht hat. Ihre Finger klammern sich fester um den Löffel, so dass der schon ganz verbogen aussieht. Mir wird übel vom Hingucken.
»Hey, Sabine, was ist los?«
»Nichts, nichts, ich dachte nur, er wird sauer sein und dann, dann …«
»Sollen wir gehen?«
Sie nickt und sieht an der Luft schon wieder besser aus. Ich will sie nicht fragen, was dieses »dann« bedeutet und wir lassen uns schweigend durch den Nachmittag treiben.
Manchmal kriegt sie wieder diesen verkrampften Ausdruck im Gesicht. Ihre Augen sind wie zwei scheue Kaninchen, die sich unter die Büsche ducken und weglaufen.

Ob sie auch weglaufen will?
Einmal erzählt sie mir, dass sie schon einen Namen für mich erfunden habe. Auf was für drollige Sachen die kommt. Kolibri hat sie mich genannt und heute noch »Princess of power«.
Das ist doch verrückt, sich jeden Tag für sich und die Welt 'nen neuen Namen auszudenken. Ich könnte keine Stimmungen in einem Wort festhalten, wie so'n Foto, eine Momentaufnahme. Wahrscheinlich hat sie schon ein ganzes Album voll.
Für mich ist wichtig, dass ich nicht immer gleich aussehe, dass mal die Haarfarbe wechselt –
Als ich ihr das erzähle, lacht sie. Ich weiß nicht, ob sie mich auslacht. Sie zupft mir in den Haaren herum.
»Papageien-Punk-Lady, bei dir passiert immer was Neues!«
»Ach, Quatsch. Ich hab viel eher das Gefühl, als hätte ich alles schon mal erlebt. Selbst, wenn ich's nicht selbst erlebt habe, hab ich's doch schon irgendwo im Film gesehen.«
»Aber du bist immer unterwegs. Das finde ich so toll.«
Ich antworte nicht.
Sicher gehe ich immer hierhin und dorthin, aber trotzdem habe ich manchmal den Wunsch, einfach im Bett zu bleiben oder mit der Katze zu schmusen und sonst gar nichts zu tun.
Wenn sie angelaufen kommt im Katzengalopp, mir

schreiend auf den Schoß springt, dann auf den Schreibtisch und sich mitten aufs Heft legt. Ihr Schnurren, das den ganzen Raum anfüllt, bis in alle Ecken dringt und alles in eine merkwürdige Vibration bringt.

Dann will ich manchmal nichts mehr tun, nur die Nase in ihr Fell drücken, mich fallen lassen oder mir vorstellen, ich sei das kleine Junge an ihrem Bauch, der Duft von Milch, Mutter und Vanille, reinkuscheln und manchmal alles andere vergessen.

Als er schellt, liege ich zu Hause auf meinem Bett und habe den Kopf in die Kissen vergraben. Ich denke: Ich will ihn jetzt nicht sehen.
Meine Mutter öffnet unten die Tür.
»Hallo! Ja, die ist da, oben, ja …«
Ich will ihn nicht sehen!
Seine Schritte auf der Treppe, er hat die Schuhe nicht ausgezogen. Ich will ihn nicht sehen.
Im gleichen Moment steht er in der Tür, sein Gesicht ausdruckslos auf mich gerichtet, sein Mund ein dünner Strich, stumm und anklagend.
Wenn Inga da wäre. Inga würde einfach einen Pantoffel nach ihm werfen, lachen würde Inga, aber sicher, und morgen würde sie sich eine neue Haarfarbe besorgen.
Wenn ich Inga wäre. Ich könnte mich Inga nennen, aber das hilft mir doch auch nicht. Dadurch werde ich doch nicht so wie sie.
Und außerdem liebt er mich doch.
Wie traurig er jetzt guckt.
Wie er jetzt auf mich zukommt.
Wenn ich doch Inga wäre. Inga würde kein Mitleid mit ihm haben. Inga würde Nägel mit Köpfen machen. Eigentlich wollte ich ihr so viel erzählen. Aber das

geht doch gar nicht einfach so mit den Worten. Ich würde sie mit Worten überschütten und sie würde sich schütteln wie ein Hund und lachen und …
Er steht vor mir. Ich bin nicht Inga. Ich bin nur das kleine Bienchen.
»Du liebst mich nicht mehr!«
Nein.
»Nein, so darfst du das nicht sehen.«
»Du bist ein linkes Biest, haust einfach ab ohne Bescheid zu sagen. Ich hätte auch was Besseres vorgehabt, als auf dich zu warten!«
Ich spüre, dass ich zittere.
»Es tut mir ja Leid.«
»Ach nee. Auf einmal?«
Mir kommen die Tränen. Er steht ganz dicht vor mir.
»Bienchen, Bienchen, summ, summ, summ …«
Er schiebt mich zur Seite, setzt sich auf mein Bett, grinst. Ich will nicht.
»Ich muss noch Hausaufgaben machen.«
Der Satz schlägt ein wie 'ne Bombe, er rückt von mir ab, springt auf und knallt die Tür zu. Ich höre, dass er mit quietschenden Reifen davonfährt.
Ob jetzt Schluss ist?
Nein, er ist schon so oft beleidigt abgehauen.
Es tut mir Leid.
Er kann ja nichts dafür.
Ich wollte wie Inga sein, aber ich bin nicht wie Inga.
Ich weiß, was jetzt kommt. Ich werde den ganzen

Abend über bei jedem Auto hochschrecken und zum Fenster rennen, weil er das sein könnte. Wie letztes Jahr, als wir den großen Krach hatten. Er ist immer mit seinem neuen Auto um den Häuserblock gefahren und hat ganz laut das Radio aufgedreht:
I just can't stop loving you –
Meine Eltern waren ziemlich sauer. Tagelang haben sie mich nicht angeguckt, wegen der Nachbarn – dabei konnte ich doch nichts dafür. Irgendwann hab ich nachgegeben, schon damit er mit dem Theater aufhört.
Jetzt – ich hab Angst.
Wenn ich doch jemanden hätte, mit dem ich sprechen könnte. Meine Eltern sind unten und gucken Fernsehen. Wahrscheinlich läuft gerade Sportschau. Es läuft immer gerade Sportschau, wenn ... Jetzt heule ich schon wieder. Oh, ich verachte zimperliche Mädchen, die immer gleich losflennen wegen so 'ner Kleinigkeit wie Ärger mit dem Freund. Und am meisten verachte ich mich.
Wenn ich doch Inga wäre. Ich würde sie gerne anrufen, aber ich traue mich nicht. Sicher gehe ich ihr sowieso auf die Nerven.
Wenn nur Alex nicht wäre. Ich will auch was erleben.
Ich rolle auf dem Bett hin und her und sehe mich in meinem Zimmer um. Alles sieht so fremd aus, als gehörte es nicht zu mir. Ich bin hier selbst eine Fremde.
Plötzlich fange ich an die Schränke auszuräumen, ich weiß nicht, was ich eigentlich suche oder was ich

nicht will, ich will nicht denken, werfe nur alles auf den Boden, meine selbst gestrickten Pullover, die Inga immer so abfällig betrachtet, die Poster reiße ich von den Wänden und vom Tisch entferne ich Alex' Foto. Aber dann tut's weh. Ich stehe inmitten meines Zimmers, inmitten von vertrauten Dingen, die mich auslachen, inmitten von fremden Dingen, glotzäugigen Stofftieren, und ich stehe da und gucke auf Alex' dummes Foto.

Hunderttausend Mal hab ich das angesehen und immer hab ich Liebe dabei gefühlt.

Jetzt fühle ich gar nichts.

Inga sagt, es gäbe überhaupt keine Liebe.

Inga sagt, ich müsse mich ändern. Ich müsse mich nur von Alex trennen, der Rest ergibt sich von selbst.

Wie das Foto mich anguckt.

Er hat mir doch nichts getan, wie kann ich nur so gemein zu ihm sein.

Das Foto guckt mich an, lässt mich nicht los.

Da kommt meine Mutter rein.

»Was ist denn hier passiert?« Sie sieht mich an, als ob ich nicht mehr alle Tassen im Schrank hätte. Hab ich ja auch nicht. Liegt alles auf'm Boden. Alles in Scherben. Aber Scherben bringen Glück.

»Kannst du mir mal verraten, was das soll?«

Sie sieht mich fragend an, aber ich horche nur nach unten. An der Tür hat es geklingelt.

Puh! Er war's nicht. Es ist Besuch für meine Eltern.

Ich halte sein Foto noch immer in der Hand. Er wird wütend sein, wenn's nicht mehr auf dem Tisch steht, wenn er wiederkommt.
Jetzt glaube ich schon wieder, ich schaff's nicht.
Alles wird so sein wie jedes Mal.
Am liebsten würde ich weglaufen.
Oder Inga anrufen. Vielleicht kommt sie mit mir.
Aber wie sollte ich Inga das alles erklären. Es ist so eine dumme Sache mit den Worten. Sie treffen nie das Wichtige.
Wenn sie doch anriefe!

Etwas hat mich geweckt.
Ich weiß nicht, war es das Geräusch selbst oder nur die Angst vor dem Geräusch. Gibt es da einen Unterschied? Beides tut weh.
Ich bleibe still liegen und wage nicht, mich zu bewegen.
Da ist es wieder. Ein kurzer, dumpfer Laut, ein Lehmklümpchen, das an die Fensterscheibe klatscht. Manchmal etwas lauter, dann war ein kleiner Stein dabei.
Ich habe etwas Furchtbares geträumt. Von Alex.
Ich weiß nicht, ist es schlimmer wach zu sein oder zu träumen?
Vielleicht gibt er ja auf und geht wieder.
Vielleicht merken meine Eltern ja nichts und schlafen weiter.

Vielleicht ist das ja auch nur ein Traum.
Er fängt an zu pfeifen. Das ist so laut, dass meine Eltern davon wach werden. Das darf nicht sein. Ich muss zum Fenster.
Ich springe aus dem Bett und stolpere erst mal über die Unordnung auf meinem Fußboden. Das Pfeifen wird lauter und drüben im Schlafzimmer ebbt das Schnarchen ab und geht in lautes Grunzen über. Mein Vater wacht bestimmt gleich auf.
Ich erreiche das Fenster, reiße es auf.
»Was willst du?«
Ich flüstere und versuche meine Stimme, wenn schon nicht sehr wütend, dann wenigstens gelassen klingen zu lassen.
Er steht unten, sein Gesicht ein helles Oval, die Augen groß und wie zwei dunkle Löcher mit Glitzern drin. Wie ein Tier.
»Komm runter!«
»Nein!«
»Komm runter! Ich muss mit dir reden!«
Ich tappe die Treppen hinunter, öffne die Tür.
»Was willst du?«
»Hey, was bist du denn so grob zu mir?« Er schlingt seine Arme um mich und versucht mich zu küssen.
»Mmhhh. Du bist ganz bettwarm.«
»Lass mich. Mir ist kalt.«
Er hält seine Hände nicht still. Ich versuche mich zu wehren und er drückt mich gegen die Wand.

»Sehen wir uns morgen?«
Jetzt tut er wieder, als ob nichts gewesen wäre. Nein, ich will aber nicht mehr!
»Ich weiß noch nicht.«
»Was soll denn das heißen?«
Er schleckt mir das Gesicht ab wie ein Hund, seine Bartstoppeln kratzen auf meiner Gänsehaut, alles an ihm ist wie ein Hund, wie ein Tier.
Die Augen, die Hände, der Geruch. Wie ein Tier.
Er versucht mich zu küssen.
»Bitte lass es, bitte!«
»Wir sehen uns doch morgen?«
»Ja.«
»Ich komme mal vorbei.«
»Ja.«
»Gut.«
»Geh jetzt.«
»Erst ein Abschiedskuss!«
»Meine Eltern ... Nein, lass mich bitte!«
Ich winde mich aus seinen Armen und er lässt los, weil wir plötzlich Schritte auf der Treppe hören.
»Ich liebe dich. Wir gehören doch zusammen. Bis morgen.«
Sofort ist er weg, aber dafür steht meine Mutter da. Sie sagt nichts, guckt mich anklagend an, wie nur sie es kann. So habe ich das Gefühl, ich hänge überm Abgrund und jemand tritt mir auf die Hand, mit der ich mich festhalte.

Ich schleiche in mein Zimmer zurück und schließe das Fenster. Lasse sogar die Rollläden herunter, obwohl ich bei völliger Dunkelheit nicht schlafen kann.

Heute kann sich der Wecker von mir aus blöde klingeln. Ich steh noch nicht auf.
Draußen singen schon die Vögel. Wahrscheinlich ist es über Nacht Frühling geworden und ich habe wieder nichts mitgekriegt. Das ist ja immer so.
Sabine ist bestimmt längst aufgestanden, pflichtbewusst wie sie ist. Nur ich liege noch immer faul im Bett rum und kann mich einfach nicht überwinden, dieses warme Nest für so'n paar blöde, völlig sinnlose Schulstunden zu verlassen. Meine Mutter ruft mich schon.
Nur die Ruhe, Leute, ich muss sowieso 'nen Bus später nehmen!

Das hätte ich mir ja jetzt nicht träumen lassen.
Als ich endlich im Linienbus sitze, wünsche ich mir nichts sehnlicher als 'ne Notbremsung.
So eine richtige, ruckartige Vollbremsung, durch die man mit viel Schwung einen Satz nach vorne macht. So hopp. – Eigentlich müsste dieser Hopser ja nach schräg vorne gehen, etwas links, genau auf den Platz an der Tür.
Da sitzt er nämlich.
Wow …

Ich verstehe gar nicht, wieso Sabine von ihrem Typen nicht wegkommt. Für den da würde ich sofort mit Guido Schluss machen. Seit fast dreizehn Monaten bin ich hinter dem her. Aber ich bin ja so feige.
Meine Haare sind heute Morgen auch so scheußlich, sie stehen in alle Himmelsrichtungen ab, so dass ich aussehe wie ein wild gewordener Handfeger. Ach, und die neue Farbe! Es ist Kirsche –
Tollkirsche würde Sabine sagen –
Ich hab nämlich was ausprobiert und zwei Töne zusammengemixt, jetzt leuchtet alles.
Sabine würde lachen und sagen, dass ich übertreibe. Klar, ich muss immer alles auf die Spitze treiben, aber wieso eigentlich nicht, warum nicht alles ausprobieren, ist doch viel interessanter. Wenn ich nur mehr Mut hätte und nicht so aufgeregt wäre.
Ich schlage die Beine übereinander und erwische mich dabei, wie Sabine an den Fingernägeln zu knibbeln.
Pfui! Lass es, Inga!
Unsere Blicke begegnen sich, er hat grüne, ziemlich helle Augen, die jetzt schon wieder weitergehuscht sind.
Mist! Warum kann der blöde Bus nicht bremsen?!
Ich würde – huiii – ganz einfach, ganz zufällig, im richtigen Augenblick in seine Arme fallen. Wir würden zu Boden kullern, dabei die Oma umrempeln, während der gesamte Inhalt ihrer Einkaufstaschen

sich auf den Boden ergösse: Bananen und Äpfel, gelbe und rote und grüne. Wir würden lachen, uns gegenseitig aufhelfen, dabei würde er mich ansehen und meine Hand natürlich nicht loslassen, während wir die Äpfel einsammeln und – ich würde frech sagen: »Ich bin die Inga und du?« und dann …

So wär das.

Ich muss wohl ein so rotes Gesicht wie meine Haare bekommen haben und glücklich aussehen, denn er lächelt mir zu, als er aufsteht, und dabei strahlen alle seine Sommersprossen im Gesicht, als hätte man in 'ner Disco die Lichter angeknipst. Er winkt sogar kurz, als er draußen ist. Dann ist er weg.

Ich hab natürlich wieder nichts auf die Reihe gekriegt.

Ich bin ja sogar zu blöde zurückzuwinken.

Aber nicht mehr lange. Wart's ab.

Ab jetzt wird alles anders.

Zuerst ändert sich natürlich gar nichts.

Zwei Stunden Geschichte: Da tröstet's mich noch nicht mal, dass ich zehn Minuten zu spät gekommen bin.

Geschichte ist todlangweilig. Ich gucke zu Sabine rüber, sie sitzt am anderen Ende, lutscht ständig auf ihrer Lippe rum und sieht elend aus. Kein schöner Anblick.

Dabei ist draußen Schnupperwetter, das lockt mich sehr …!

Die Sonne schwappt durch die schmutzigen Fenster,

wässriges, goldstichiges Licht, es fließt über den Boden, die Wände, meinen Tisch – Langeweile –
Sabines Nachbarin schneidet sich mit der Nagelschere die gesplissten Haarspitzen –
Draußen rattert ein Flugzeug vorbei, mitten durch den Himmel. Sabine hat die Augen zu.
Jetzt will der Eierkopflehrer auch noch was von mir: Wer weiß es?
Ich nicht.
Sabine? Sabine hat ganz entzündete Lippen. Das kommt vom vielen Lecken und wenn man psychisch nicht gut drauf ist. Das ist ein Bio-Indikator. So was weiß ich. Ich krieg schließlich auch immer Pickel, wenn ich mich ärgere.
Ich ärgere mich nicht – ich ekele mich höchstens. Vor der Tussi neben mir, die gerade ein Schokokussbrötchen mit 'ner Dose Cola-light verdrückt – igitt – schon am frühen Morgen.
Jetzt bietet sie mir 'nen Kaugummi an.
Den nehm ich natürlich. Wenigstens hab ich was zu kauen. Irgendwie muss man sich ja beschäftigen.
Sabine würde jetzt an Kühe denken und grüne Wiesen. Die ist so eine.
Und ich an Milka und Werbefernsehen. So eine bin ich.
Ich versteh nicht, warum ich mich immer so schlecht mache. Wenn ich den Lehrer ansehe mit der ausgebeulten Jeans am Hintern –

Jemand müsste ihm mal Hosenträger schenken.
Lieber gucke ich aus dem Fenster. In der Siedlung hängt Wäsche zum Trocknen draußen, Betttücher, die im Wind flattern, eins gelb, eins rosa.
Ich möchte von dem Jungen aus dem Bus träumen – aber es klappt nicht, weil ich's wieder nicht gemacht habe. Geschichte – wieso oder was lernen wir aus Geschichte?
Ich gar nichts, aber ich höre ja auch nicht zu.
Bienchen auch nicht. Ich glaube, sie guckt sogar noch häufiger zur Uhr als ich.
Nach der Stunde wartet sie auf mich.
»Na!«
Sie sieht wirklich schlimm aus.
»Was hast du jetzt?«
»Noch zwei Stunden Deutsch und dann noch Kunst«, brumme ich.
»Furchtbar!«
»Find ich auch.«
»Ich kann nicht mehr.«
Na, das glaube ich ihr gerne, so, wie sie aussieht. Und ich?
»Ich kann auch nicht mehr.« Wir sehen uns an.
»Lass uns gehen«, schlage ich vor. Blaumachen, das ist auch so eine typische Unart von mir.
Sabine zögert nicht mal. Nanu, was ist los?
»Ja komm! Aber schnell!«
Ich glaub, jetzt wird doch alles anders.

Der Nachmittag mit Inga –
Genau kann ich gar nicht sagen, was es war. Vielleicht das Frühlingswetter: Ein Himmel, aufgelockert wie Pudding mit Eischnee, ihr Lachen, unser Lachen und viel Sonne.
Ich habe die ganze Zeit nicht an ihn gedacht.
Ein- oder zweimal fang ich davon an und sie sagt einfach: »Schluss jetzt! Ab heute ist es damit vorbei. Es muss jetzt was geschehen. Lieber ein Ende mit Schrecken als ein Schrecken ohne Ende.«
Wir fahren mit dem Bus in die Stadt, probieren Sommersachen an, Kleider, T-Shirts, Strohhüte und füttern nachher die Tauben mit Brötchenkrümeln.
Zurück laufen wir, das Licht fällt jetzt diagonal über die Straße, so dass diese, noch nass vom letzten Regen, anfängt zu schimmern und zu glänzen. Wir reden wenig und leise.
Alles ist ganz anders.
Ich fühle mich ganz anders, frei, wie ein Vogel.
Ich tanze, oder nein, ich treibe wie ein Stück Holz im Fluss hinab. Wind, Wolken, Gräser, sonst nichts, sich treiben lassen, Zeit haben in Hülle und Fülle wie die Wolken.
Ich strecke die Arme aus.

Ein Vogel auf dem Heimweg: An den Kuhweiden vorbei, schiefe Zäune, an die Schnellstraße grenzend, der Apfelbaum, die Hecke, dahinter Häuser, Schornsteine.
Ein Vogel sein –
Der Hals von Gefieder bedeckt, weiß mit schwarzen Spitzen, flaumig, das Herz dicht unter der Haut, sein Schlagen ist laut wie das Vorbeisausen der Autos.
Mein Gefieder, meine Flügel, meine Spannweite.
Das Gefühl, wenn der Wind die Schwungfedern anhebt und bis unter die warmen Bauchdaunen saust.
Ich sehe die Welt von oben, unscharf, unwichtig, da das Gefühl, getragen zu werden, größer ist.
Mit den Flugschwingen schlagen, sich gleiten lassen, fliegen, fallen, fliegen, fallen.
Später ist vom ganzen Vogel nur noch ein schwindeliges Gefühl geblieben, das ich schnell in der Hosentasche verstecke. Vielleicht bekomme ich es so heile mit nach Hause. Wir sind in unserer Straße angekommen. Es ist später Nachmittag und Alex hat bestimmt schon zehnmal angerufen und dreimal angeschellt. Meine Mutter wartet sicher auch schon.
»Inga …!«
Sie bleibt stehen, wie aus 'nem fernen Traum zurückgeholt, sie schaut mich an.
»Sag bloß, du hast Angst heimzugehen?!«
»Nein, ja, doch …«
»O Bienchen!«

Ich zucke zusammen, so soll sie mich nicht nennen! ER nennt mich immer so und er nennt mich immer dann so, wenn er was von mir will …
Sie legt den Arm um mich und sieht mich an.
»Ich verstehe nicht, warum du dich nicht einfach von ihm trennst, so schwierig kann das doch gar nicht sein!«
»Doch!«
»Warum denn?«
»Er liebt mich!«
Sie unterbricht mich nicht nur, sondern schreit mich an: »Du spinnst ja! Du bist ja völlig kernnaiv, du blöde Kuh! Hör endlich mit dem Gesülze auf oder du kannst mich mal!«
Ist das alles, was von unserem schönen Nachmittag geblieben ist?
Ich hätte besser nichts sagen sollen. Mit Worten macht man nur alles kaputt.
Reden ist Silber, Schweigen ist Gold, sagt meine Oma.
»Mensch, Sabine, hörst du mir überhaupt zu? Du träumst ja schon wieder! Oder denkst du dir etwa gerade wieder 'nen neuen tollen Namen aus? Miss Rühr-mich-nicht-an?«
»Nein.«
»Oh grrr!«
Sie stößt ein paar unverständliche Knurrlaute aus und stampft mit dem Fuß auf.
»Was willst du?«

»Wie meinst du das?«
»Mit Alex zusammenbleiben oder nicht?«
»Du meinst – ganz Schluss machen?«
»Ja, sicher!«
»Ich weiß nicht, ja, aber ich will nicht, dass …«
»Ja oder nein?«
Sie wirkt unruhig. Alles an ihr steht unter Spannung, alles ist in Bewegung, Augen, Haare, Nasenflügel.
»Also, was ist? Ich zähle bis drei. Eins, zwei, zweieinhalb –«
»Ja.«
»Was ja?«
Schluss machen. Ich will Schluss machen. Ich hätte nicht gedacht, dass ich zu so was Gemeinem fähig bin.
Die kommt einfach daher, wird er sagen, und macht alles kaputt. Und du, du fällst auch noch auf die rein. Bis vor ein paar Tagen habt ihr euch nicht mal angeguckt und jetzt schüttest du schon dein ganzes Leben vor ihr aus und vertraust ihr auch noch.
Der bist du doch egal, aber ich liebe dich und ich kann ohne dich nicht leben.
Das sagt er immer.
Wenn das stimmt.
Wenn er ohne mich nicht leben kann.
»Du willst gar nicht!«
Inga hat die Hände auf die Hüften gestemmt und sieht aus, als wolle sie gleich gehen.

»Doch, ich will. Aber ich kann ihm das doch nicht antun!«
»Quatsch! Verdammt noch mal, du kannst es dir nicht antun.«
»Aber er liebt mich doch und ich habe ihn doch auch mal …«
»Es gibt keine Liebe, Biene!«
Ich heiße nicht Biene und …
»Aber er kann ohne mich nicht leben!«
»Wie kommst du denn darauf?«
Inga hakt sich bei mir unter und zieht mich von der Straße weg zum Spielplatz rüber. Sie sieht genervt aus, irgendwie irritiert, und schaut sich immer um, als ob uns jemand zuhören oder verfolgen könne.
Wir setzen uns auf eine Bank.
»Erzähl mal«, flüstert sie. »Warum bist du denn jetzt wieder so – komisch? Heute Nachmittag warst du doch ganz normal.«
Ich schlucke.
»Sagt er so was, dass er ohne dich nicht leben kann und so?«
»Ja. Er – er sagt, wenn ich Schluss mache, bringt er sich um.«
»Und du glaubst den Quatsch?«
Ach Inga. Typisch Inga. Wieso habe ich dir das überhaupt erzählt? Du hast doch sowieso kein Gefühl für so was. Du verstehst das doch sowieso nicht.
»Einmal hab ich 'ne Zeit lang versucht mich von ihm

zu trennen. Er ist immer mit quietschenden Reifen durch unsere Straße gerast und hat meine Eltern und alle verrückt gemacht. Ich – ich hab Angst.«

Ich weiß nicht, wieso ich ihr das doch erzähle, aber sie scheint betroffen, streicht sich nervös die Haare nach hinten und reißt die Augen auf.

»Gestern Abend hat er Steine ans Fenster geworfen und gepfiffen. Ich bin runter zur Tür und meine Eltern sind aufgewacht. Sie misstrauen mir, denken, ich hätte Geheimnisse und wolle mich gegen sie verschwören. Ich kann nicht mit ihnen sprechen.«

Inga antwortet nicht, wahrscheinlich ist ihre Kehle genauso trocken wie meine. Ich muss mich zusammennehmen, damit ich nicht weine, auch wenn ich mich nicht mehr vor ihr schäme, auch wenn sie der einzige Mensch ist, zu dem ich Vertrauen habe, die Einzige, die mir zuhört.

Ausgerechnet die Inga. Nie hätte ich das gedacht.

Aber weinen will ich jetzt nicht. Ich darf nicht, das wäre nicht fair, weil doch der Nachmittag so schön war – und ich will das Leben genießen.

Sie legt den Arm um mich und ich meinen Kopf an ihre Schulter.

»Bist du geschockt? Ich wollte dir das eigentlich nicht sagen, es ist doch so schön gewesen, im Moment ist alles andere Nebensache.«

»Na ja, ich weiß nicht, ob das so ’ne Nebensache ist bei dir.«

»Doch.«
Ich will nicht daran denken.
Ich springe auf, renn zur rostigen Rutsche rüber, klettere die Stufen hinauf bis nach oben. Das Ding ist für kleine Kinder gemacht, es wackelt schon.
Und wenn schon. Ich breite die Arme aus.
Ich bin doch ein Vogel heute.
Lieber ein Ende mit Schrecken als ein Schrecken ohne Ende.
Ich will leben, denke ich oder schreie ich, genau weiß ich's nicht, und purzele die Rutsche runter in den Sand.
Da sitze ich auf dem Hintern, um mich rum Coladosen, Zigarettenkippen, Hundehaufen.
Gut, dass mich so keiner sieht. Gut, dass ER mich nicht sieht. Der Boden hat mich wieder. Wo sind deine Flügel, Bienchen, summ, summ, summ.
Ich habe Angst.
Inga sitzt auf einem dieser Plastikschaukelpferde, diese niedrigen, rot-weißen Dinger mit der Feder zum Wippen. Sitzen ist noch nicht mal der richtige Ausdruck. Sie hat viel zu lange Beine und liegt mehr im »Sattel«, mit dem Kopf im Nacken und den Händen in den Hosentaschen.
Wie lächerlich muss ich erst aussehen, hier, vor der Rutsche im Sand. Ein Vogel –
Ha, ha, ein toller Vogel bin ich und so dumm.
Müde stehe ich auf. Etwas muss ich ja tun. Kann

mich ja nicht endlos zurückwünschen, bis in Mamas Bauch.
Ich schlurfe durch den Sand zu den Schaukelpferden rüber und setze mich ihr gegenüber.
»Hi!«
»Hi!«
»Ich reite nach Süden. Kommst du mit?«
»Ja.«
»Schön.«
Ich lege auch meinen Kopf in den Nacken, zwänge die Finger in die engen Taschen der Jeans und gucke in die Wolken. Ich denke nicht an ihn.
Ich denke an den Tag, an die Wolken und frage mich, woher sie immer wieder kommt, die Hoffnung.

Ich versteh Sabine nicht.
Wie sie gerade in die Wolken geguckt hat. Mit so 'nem komischen Zug um die Mundwinkel, als ob sie sich schon dahinauf gewünscht hätte.
Wir haben nicht mehr miteinander gesprochen und ich hab ganz fest daran gedacht, dass ich morgen wieder einen Bus später fahren werde, damit ich den Typen wieder sehe. Wenn ich ihr das erzählt hätte, wäre sie glatt vom Pferd gekippt.
Sie sah so ungesund blass aus und als wir uns nachher getrennt haben, hat sie wieder in den Himmel geguckt, als wünsche sie sich unbedingt dahin. Abheben ist doch völlig unmöglich bei ihrem dicken Hintern und den panzermäßigen Strickpullis – Da klebt die doch am Boden fest wie 'ne Wanze – Pfui! Ich bin unmöglich!
Dann hat sie sich wieder lauter Namen ausgedacht, ihr letzter Satz war: »Jetzt bin ich gleich wieder 'ne schwarze Witwe« –
Das ist doch eine Spinne. Bah, wie kann sie nur!
Ich schreie ihr das Tschüss ins Gesicht und renne nach Hause wie von der Tarantel gestochen, nein, von der schwarzen Witwe, und kann gar nicht mehr aufhören zu laufen.

Wenn ich mit Sabine zusammen war, habe ich immer das Gefühl, als müsste ich eine ganze Menge Schwung nachholen, müsste endlos rennen, mit den Armen wedeln, als ob mir Flügel wachsen könnten, und laut schreien.
Biene krebst da vor sich hin und glotzt sehnsüchtig in den Himmel, aber ich will was erleben, will wegfahren, mich mitten reinstürzen, die Straße hinunter, nach Hause – oder zu Guido, mal gucken, was Guido gerade treibt.
Ich schelle Sturm bei ihm zu Hause, warum macht der Kerl nicht auf?
Von drinnen schlurfende Schritte, er öffnet die Tür, guckt mich blöde an, gähnt.
»Komm«, rufe ich.
»Was ist los mit dir?«
»Was soll schon los sein, ich will was unternehmen, was Verrücktes, Lebendiges, ich weiß nicht was, was Ausgefallenes, Abenteuerliches, ich will jetzt los, verstehst du, sofort, weil nicht viel Zeit bleibt, ich will sehen, wie die Sonne verliebt den Horizont abknutscht und dabei vor Glück ganz rot wird, ich will dahin, wo Land und Himmel eine Linie bilden, ein Seil zum Festhalten, eine Reckstange, mit den Füßen in der Luft und dem Kopf auf'm Boden hängend, ich will weg, Guido, und zwar sofort, worauf wartest du denn noch, wir haben nicht viel Zeit, los, Guido, komm doch!!!«

Er legt mir die Hand auf die Stirn, als ob ich Fieber hätte.
Natürlich, er versteht mich nicht!
»Hast du was getrunken?«
»Nein, ich muss einfach raus, lass uns was unternehmen, guck mal, wie schön es draußen ist ...«
»Ich bin mit der Clique verabredet. Zum Pizza-Essen im Dorf-Imbiss und nachher zum Doppelkopf-Spielen. Wir haben Donnerstag, Inga, guck mal auf den Kalender!«
»Ach, lass doch den Kicki sausen. Immer der gleiche Mist, das ist doch öde! Immer die gleiche Pizza, die gleichen doofen Gesichter, Karten spielen, das ist doch nur was für Rentner und Trockenfurzer.«
»Hey! Jetzt reicht's, ja! Wir spielen heute um unseren selbst gebastelten Pokal und ...«
»Bitte komm mit!«
»Nein. Was willst du überhaupt? Du bist völlig durchgedreht manchmal. Was hängst du auch den ganzen Tag mit dieser Trantüte Sabine rum!«
»Musst du gerade sagen! Du hast ja überhaupt kein Gefühl!«
»Willst du mitkommen zum Doppelkopf? Wir spielen zusammen«, lenkt er ein.
»O nein!«
»Was denn?«
»Ich weiß nicht.«
Ich drehe mich um.

»Das verstehst du doch nicht.«
»Inga! Jetzt hau nicht ab! Du bist ’ne richtige Zicke, weißt du das?«
Ich bleibe stehen und winke.
»Warte doch!«
»Nee, lass mich in Ruhe. Ich muss nachdenken. Und überhaupt: Wir passen nicht zusammen.«
Er steht in der Tür, Kaugummi kauend, genervt und schon ein bisschen wütend.
»Zu dir passt überhaupt nichts und niemand! Du bist einfach nicht normal!«
»Aber du, was?«
»Mehr als du. Nächstens kommst du wieder und willst unbedingt mit mir schlafen, obwohl mein Vater Geburtstag hat und im Nebenzimmer die ganze Verwandtschaft feiert, inklusive der kleinen Blagen, die dauernd die Tür aufreißen!«
»Ja, und! Wenn du so unselbstständig bist und nicht mal ’nen Schlüssel für deine Bude hast!«
Wir starren uns wütend an und ich frag mich echt, wie Sabine in so ’ner Situation Mitleid haben kann. Nein, wirklich. Guido ist genau einer von denen, die ihre ganze Phantasie mit den Legosteinen und Spielzeugautos in Kisten auf dem Dachboden verstaut haben und nun so leer sind wie … Ach, was weiß ich. Ist auch egal. Hauptsache, ich fühle, wie ich bin.
Mein Bauch ist innen drin wie frisch angerührte Farbe: weiß und etwas gelb.

Ich glaube, ich bin richtig glücklich.
Guido guckt mich noch immer so an.
»Bis im nächsten Leben«, sage ich und lächle.
Er lächelt zurück und schließt die Tür.
So einfach ist das.
Alles so einfach.
Ich gehe langsam, mache lauter Umwege, um nicht zu Hause ankommen zu müssen, fühle gar nichts mehr, nicht mal wie der Himmel sich bewölkt und es anfängt zu regnen.

Am nächsten Tag ist Sabine nicht in der Schule.
Vielleicht ist sie krank, sonst fehlt sie doch nie. Ich sitze im Bioraum und höre kaum zu. Jemand referiert über ganz komische Sachen: Polygenie, Drosophila und Saisonpolymorphismus.
Um mich rum verstaubte, ausgestopfte Tiere, tote Schlangen in gelblichen Flüssigkeiten, abgerissene Poster über Wildkräuter, die nirgends mehr blühen ...
Ich muss an Sabine denken. Wahrscheinlich hat sie nur Recht damit, dass sie nicht hier ist, aber ich werde das Gefühl nicht los, dass irgendetwas nicht stimmt.
Gestern hat sie uns beide verglichen in einem ihrer tollen, tierischen Vergleiche: Sie sei wie ein Wal und ich wie ein Delphin.
Tss, tss, ich komme mir manchmal eher wie eine Seekuh vor, so trampelig bin ich. Ich habe ihr das aber vorsichtshalber nicht gesagt, schließlich muss ich

mein Image wahren. Delphin – das ist eine schöne Vorstellung. Wenn ich wirklich so wäre …

Zuerst würde ich den Typen meiner Träume anmachen und hier nicht mit Kuli solange Herzchen auf meinen Radiergummi malen, bis der Stift sich so tief eingedrückt hat, dass das Ding auseinander bröselt. Mein Tisch ist voller Radiergummikügelchen.

Ich puste sie in alle Richtungen und fange mir einen bösen Blick meines Biolehrers ein. Wahrscheinlich denkt er jetzt, das wären meine unterdrückten aggressiven Triebe. Ist auch egal.

Gerade redet er über den intermediären Erbgang der Blütenfarben der Wunderblumen –

Ob sie wohl blau sind? Nein, rot, weiß oder rosa.

Ach, als ob der Ahnung von Wunderblumen hätte! Wenn ich wirklich ein Delphin wäre, würde ich einen ganzen Strauß voller Wunderblumen pflücken und meinem Schwarm mitbringen. Und Sabine.

Was sie wohl hat?

Ich kann nicht aufstehen.
Der Wecker klingelt jetzt zum vierten Mal und ich müsste schon längst fertig sein. Gleich wird meine Mutter reinkommen und mich aus dem Bett scheuchen. Ich kann aber nicht aufstehen. Mir tut der Kopf weh. Er fühlt sich an wie eine klebrige Kaugummiblase, mir kommt es vor, als ob er zur doppelten Größe angeschwollen wäre. Die Augen fallen mir immer wieder zu. Ich fühle mich krank.
Früher war's immer schön, krank zu sein. Weil Oma von oben runterkam und mir literweise Kakao gekocht hat und mir Geschichten vorgelesen hat. Mittags haben alle bei mir im Zimmer gegessen und meine Eltern waren besonders lieb zu mir.
Jetzt guckt meine Mutter nur durch den Türspalt, erst zum Wecker, dann zu mir. Sie schweigt, aber ihr Blick sagt alles. Sagt, das sei alles meine eigene Schuld.
Alles meine eigene Schuld. Ich fühle, wie ich wieder zu weinen anfange. Die Tränen brennen in den geschwollenen Augen. Ich verkrieche mich unter die Bettdecke, will das überlaute Geklapper in der Küche nicht hören, das Radio, ihre Stimmen. Dann wird es still, sie sind gegangen. Wenn ich doch einschlafen könnte. Wenn alles gestern nicht geschehen wäre …

Ich habe schon Schlimmes geahnt, als sein rotes Auto vor der Tür stand. Ich bin sehr langsam gegangen, ohne Inga, die war so komisch gestern, sehr langsam bin ich nach Hause gegangen.
Wenn ich doch nie angekommen wäre.
Wenn ich der Vogel gewesen wäre, wie vorher: Es war so schön bei den Schaukelpferden, der Vogel, der ich war, der ist gestern abgeschossen worden.
Er stand schon in der Tür.
Sein Körper erschien mir so riesig, das Gesicht aufgeblasen, die Hände vorgestreckt, er füllte die ganze Tür. Da war kein Durchkommen.
Meine Eltern waren schon zum Sport gefahren, ich fragte mich, wie konnten sie ihn allein im Haus auf mich warten lassen, wie konnten sie sich nichts dabei denken, wie konnten sie das tun –
Er stand im Eingang und ich kam nicht vorbei.
Seine Hände vor mir, vor meinem Gesicht, größer als mein Gesicht.
»Wo warst du?«
»Lass mich rein!«
»Nein.«
»Bitte!«
»Wo warst du?«
»Was geht dich das an?«
Ich versuchte an ihm vorbeizukommen, aber er ist viel stärker als ich. Er hielt mich fest, packte meine Handgelenke, ließ mich nicht los.

»Lass mich los!«
»Wo warst du?«
»Weg!«
»Wo?«
Hinter uns die Nachbarin auf der Straße, die kleinen Kinder, die stehen blieben und mit großen Augen und offenen Mündern rüberguckten.
Er schrie mich an, umklammerte meine Handgelenke noch fester.
Die großen Augen, die offenen Münder.
Sein Gebrüll.
»Wo du warst! Warum hast du nichts gesagt? Ich hab auf dich gewartet!«
Seine Hände.
»Nicht, nicht, du tust mir weh!« –
Unten schellt jemand.
Ich mache nicht auf. Ich hab Angst. –

»Wo warst du? Du liebst mich nicht mehr!«
»Bitte, lass mich!«
»Du bist gemein, hinterhältig, du bist ein fieses Dreckstück, weißt du das?«
Ich fing an zu weinen.
»Bitte! Du tust mir weh!«
»Du liebst mich nicht mehr!«
»NEIN!«

Unten schellt's schon wieder.
Wer kann das sein? Er? Bestimmt ist er es.
Ich verkrieche mich unter der Bettdecke.

Wie sein Gesicht ausgesehen hat, als ich das sagte. Wie eingefroren plötzlich. Kalt, als ob ihn ein Vampir überfallen und das ganze Blut rausgesaugt hätte. Weiß wie seine Hände.
Da war nichts Menschliches mehr.
Er ist einfach gegangen. Hat mich losgelassen, ist gegangen. Hat nicht die Autotür zugeknallt, hat sich nicht mal umgesehen. –
Es schellt zum dritten Mal.
Aber ich mache nicht auf. Bestimmt nicht.

Er hat sich nicht umgesehen, aber er wird wiederkommen, das weiß ich.

Bei Sabine macht kein Mensch auf. Komisch ist das. Wenn sie krank ist, müsste sie doch zu Hause sein. Da stimmt was nicht. Ich hab ein mulmiges Gefühl. Schade, dass sie nicht da ist. Wirklich Mist.
Ich hab doch gerade meinen Traumtypen wieder im Bus getroffen und ihn – ich kann's gar nicht glauben – hopplahopp nicht gerade zum Eis essen eingeladen, aber ihn immerhin die ganze Zeit angelächelt.
Er hat zurückgelächelt, den Kopf seitlich auf die Hände gestützt. So saßen wir.
Mindestens vier Haltestellen lang!
Als er dann ausstieg, haben wir beide gewinkt.
Ich bin schon ein ganzes Stück weiter. Klar, ich hab mich noch nicht getraut, aber ich konnte ihn unmöglich schon ansprechen, weil ich innen wie elektrisch war, Glühwürmchen im Bauch, eine Horde Glühwürmchen oder Wespen, Hornissen, Leuchtkäfer.
Ich sprühe Funken, also lebe ich. Und nächstes Mal …
Und Sabine kann mich mal …

Gegen Mittag stehe ich auf.
Ich ziehe mich nicht an, hole mir was zum Essen aus der Küche, gucke aus dem Fenster. Draußen ist schönes Wetter.
Jetzt hätte ich gleich Schulschluss.
Was Inga wohl gerade macht, sie hatte schon viel eher frei. Ich hab das Gefühl, dass mein Leben da draußen an mir vorbeizieht und ich zum Beobachter meines eigenen Lebens werde, aber ich will nicht raus, Alex hat um halb vier Betriebsschluss, dann kommt er sicher.
»Alex.«
Ich spreche das Wort laut vor mich hin. Es bleibt im Raum stehen wie eine leere Hülse.
Eine Weile warte ich noch, ob sich ein Gefühl einstellt, aber da ist nichts, nur so etwas wie Unruhe, Angst.
Inga würde mich auslachen.
Alle würden mich auslachen.
Inga würde sagen, Liebe gibt's nicht und ich soll zusehen, dass ich den Typen los werde und Spaß habe.
Ich möchte wieder in mein Bett.

Es war den ganzen Tag über ruhig, verdächtig ruhig. Meine Eltern waren nur kurz da, haben nicht viel ge-

sagt und so getan, als ob ich nicht existierte. Vielleicht existiere ich ja auch gar nicht. Ich liege im Bett, lese Kinderbücher, schlafe. Dreimal hat das Telefon geklingelt, aber ich bin nicht drangegangen, weil's vielleicht ER war. Dann hab ich bei Inga angerufen, aber ihr Bruder sagte, sie sei unterwegs.
Na, was sonst.
Ob sie zurückrufen solle.
Nein, nein, lieber nicht.

»Sabine!«
Meine Eltern sind zurück. Ich höre sie reinkommen und miteinander diskutieren. Ihre Stimmen klingen sehr aufgeregt.
»Sabine! Komm sofort runter!«
Nanu, was ist denn jetzt los?
Ich werde mich am besten schlafend stellen: Ich will meine Ruhe haben. Mein Vater poltert die Treppen herauf, reißt die Tür auf und stürmt aufs Bett zu.
»Sabine!«
Ich rühre mich nicht, sondern stelle mich tot wie die kleinen Käfer.
»Sabine! Was hat das zu bedeuten?«
Er zieht mir die Decke weg.
»Was soll das?«
Ich reiße die Augen auf. Er hat ein ganz rotes Gesicht.
»Was?«
»Draußen …«

»Was ist denn draußen?«
Meine Mutter kommt auch, bleibt in der Tür stehen, sieht blass aus.
»Sieh es dir an!«
Ich schwinge mich aus dem Bett, stolpere im Schlafanzug die Treppen runter.
Draußen knallt mir die kalte Abendluft ins Gesicht.
Da ist nichts. Doch.
Quer über die Straße vor unserem Haus steht eine Schrift. Ich brauche nicht näher heranzugehen, um die großen, roten Buchstaben lesen zu können:

Sabine! – I can't stop loving you!

Das darf doch nicht wahr sein.
Ich wage einen Schritt nach vorne. Die Farbe ist noch frisch, Wandfarbe oder so etwas, mit dem Pinsel aufgetragen, nicht gesprüht. Mit dem Zeh fahre ich darüber, das geht so schnell nicht wieder ab. Da kann man schrubben wie verrückt, das steht da wie für die Ewigkeit.
Mir ist kalt. Mir ist schwindelig. Mir tut alles weh.
Mein Vater packt meinen Arm.
»War das Alex? Sag mal, ist der Kerl verrückt geworden?«
»Ich weiß nicht, ich …«, antworte ich schnell und meine Stimme klingt wie ein Kreischen.
»Hoffentlich macht er das auch wieder weg!«

Wir stehen noch einen Moment da und starren auf die Straße, aber dann ist meine Mutter da, zerrt uns ins Haus und knallt die Tür zu.

Jetzt hab ich ihnen auch noch den schönen Abend verdorben!

I can't stop loving you! –

Au je, was soll ich denn machen?

Warum hab ich mich auch nur mit Alex gestritten, jetzt hab ich überall Ärger, überall.

Ich will wieder in mein Bett. Meine Eltern wollen mit mir sprechen, das heißt, sie wollen wissen, was passiert ist, ob ich morgen die Farbe wegmache, oder ob Alex …

»Ja, ich rede mit ihm, morgen –«

Ist ein weiter Weg bis morgen. Wenn ich da angekommen bin, hab ich schon die Nacht hinter mir, die Träume und die Geräusche von der Straße, die mich erschrecken –

I can't stop loving you! –

Was, wenn er mich wirklich liebt?

Guido hat angerufen, aber ich rufe nicht zurück. Ich hab keine Lust auf Diskutieren, Diskutieren ist langweilig.
Ich glaub, ich war noch nie richtig verliebt, aber jetzt. In den Jungen ohne Namen.
Ob Sabine sich in einen ohne Namen verlieben könnte? Bestimmt nicht. Wenn sie immer so viel nachdenkt, kann sie so etwas gar nicht, so was wie fliegen.
Ich fliege durch den Nachmittag – wir haben beide gewinkt –
Ich kann's gar nicht mehr abwarten bis morgen früh. Er wird bestimmt wieder im Bus sitzen, das fühle ich, und wie ich das fühle … Meine Glühwürmchen im Bauch vermehren sich von Stunde zu Stunde.
Mir tut schon alles weh vor Aufregung.
Gleich gehe ich mit Katja in die Disco. Sie fragt schon immer, wieso ich mit der Sabine rumhänge. Ob ich jetzt auch abdrehe?
Ach Quatsch, ich doch nicht!
Außerdem ist's doch meine Sache, mit wem ich zusammen bin.

Irgendwie hat Sabine was Besonderes an sich. Vielleicht ruf ich sie an und frag, ob sie mitkommt zum

Tanzen. Ich möchte mir alle Glühwürmchen raustanzen, so dass sie wie Funken aus den Haaren stieben und laut knistern.
Sabine würde das auch mal gut tun. Ha, ha, was da wohl alles rauskäme?

Er sitzt tatsächlich im Bus am nächsten Morgen. Ich wusste es doch.
Auwei. Auf einen Schlag sind alle Glühwürmer wieder erwacht. Mit einem leichten Kater erheben sie sich in die Luft und fangen an zu schwirren und zu summen.
Summen Glühwürmchen überhaupt oder sind sie ganz leise?
Wie kann ich in einer so wichtigen Situation nur solchen Quatsch denken?
Ich hab mir fest vorgenommen mich zu trauen und mich neben ihn zu setzen. Also tue ich das auch.
Er lächelt mich an und murmelt vorsichtig: »Hallo.«
Seine Sommersprossen verbrüdern sich mit meinen Glühwürmchen.
Frech wollte ich sein, über meinen Schatten springen und es einfach wagen. Ich grinse ihn an.
»Wie heißt du?«, fragt er.
»Inga, und du?«
»Philipp.«
Aha. Na ja, jetzt, wo die Formalitäten geklärt sind, können wir aufs Ganze gehen.
»Hast du heut Nachmittag Zeit?«

Uii. Das war riskant. Die Glühwürmchen toben, ich kann kaum noch sitzen. Er zögert, scheint auch ein bisschen überfahren.
Aber ich wollte es ja unbedingt ausprobieren. Also ruhig bleiben, Inga! Jetzt hast du's gesagt, jetzt bleib auch dabei!
»Nun ja, eigentlich schon.«
Er lacht und drückt meine Hand.
Die Sommersprossen flippen aus und steigen mit den Glühwürmchen zum Himmel auf.
Wow – eine riesige, glitzernde Wolke.
Nachher kann ich auf meinen Radiergummi endlich auch 'nen richtigen Namen schreiben samt Telefonnummer. Fünf magische Zahlen.
Bis zum Abend kann ich sie auswendig und Philipp ist dann da.

Sabine war heute wieder nicht in der Schule. Wahrscheinlich hat sie wirklich was. Diesmal bin ich aber nicht bei ihr vorbeigegangen, schließlich hab ich auch Besseres zu tun als ihr nachzulaufen.
Philipp …
Ich bin gerade beim Kartoffelschälen, als das Telefon klingelt.
Es ist Sabine.
»Bist du krank oder hattest du keine Lust?«, frage ich sie.
»Nein, äh ja, so was Ähnliches.«

»Du musstest bestimmt mal ausschlafen«, stichele ich.
»Nein.« Sie lacht ein bisschen.
»Obwohl ich schon eine Menge Schlaf nachzuholen hätte.« Sie stockt einen Moment und schreit dann in den Hörer: »Weißt du, was er gemacht hat?«
Ich zucke mit den Schultern und warte, aber das kann sie ja nicht sehen.
»Er hat ganz groß: »*I can't stop loving you!*« auf die Straße geschmiert!«
»Wow! Echt?«
»Ja. Gestern Abend. Ich hab heut Morgen schon versucht das abzuschrubben, aber es ging nicht.«
»Genial! Der Typ hat echt Ideen!«
»Sag bloß, du findest das witzig!«
»Und wie! Wenn das mal einer für mich machen würde … hab ich dir schon von Philipp erzählt?«
»Nein.«
Ihre Stimme klingt wieder so weinerlich.
Langsam geht mir das Gejammere auf die Nerven.
»Mensch, freu dich doch, das bringt sonst keiner!«
»Ich will es aber nicht.«
»Dann musst du Schluss machen.«
»Hab ich ja.«
Na endlich. Das hört sich schon besser an. Wenn sie dabei nur nicht so jaulen würde wie ein Hund, der sich selbst in den Schwanz beißt.
»Mensch, Sabine, vielleicht ist er doch nicht so übel,

und ihr könnt Freunde bleiben, bin ich doch mit Guido auch.«
Sie schluchzt: »Ja.«
Ich will mir nicht die Laune verderben lassen. Gleich kommt Philipp, bei mir hat alles geklappt, wieso soll's dann nicht auch bei Sabine klappen.
»Ich verstehe dein Problem nicht. Man kann doch mit ihm reden.«
»Nein, kann ich nicht. Er redet immer nur und er sagt, er könne ohne mich nicht leben, und er sagt, er liebt mich und er wolle mich –«
»Hör auf, Sabine!«
Einen Augenblick ist es ganz still, nur die Leitung knackt ein bisschen. Dann, sehr leise, kriecht ihre Stimme wieder herüber und mir wird ganz anders, so kalt und ernst klingt das, was sie sagt.
»Er will immer, dass ich mit ihm schlafe, aber ich will nicht, und ich nehme nicht die Pille. Er sagt, er würde mich irgendwann schon kleinkriegen und seine Augen leuchten so seltsam dabei.
Seine Augen sind nicht ganz gleichfarbig und so wässrig, als ob sie gleich ausliefen. Nur dann kriegen sie eben dieses bestimmte Leuchten, wie irre sehen sie aus –
Er sagt, er liebe mich, und einmal waren wir bei ihm und er hat mich an seinem Bett festgebunden und, und ich hab geschrien, er solle mich loslassen, aber es war ja keiner zu Hause, der mich hätte hören können,

und er hat mich dann in den Arm genommen und immer wieder geflüstert, das wäre doch alles nur Spaß und er habe mich doch lieb …«

Mir ist übel. Ich weiß nicht, was ich sagen soll.

Auch Sabine schweigt.

Es ist ein unheimliches Schweigen, in das Philipps Klingeln gellt. Ich schlucke und kneife die Augen zu.

Jetzt steht Philipp endlich vor der Tür und ich zittere und weiß nicht, wie ich ihm begegnen soll.

Irgendwie ist mir auch zum Heulen.

Was soll er dann von mir halten, gleich am ersten Abend.

Ich will nicht an Sabine und diesen Kerl denken, ich will mit Philipp –

»Inga, bist du noch dran?«

»Ja.«

»Es hat geschellt bei dir, oder?«

»Ja.«

»Okay.«

»Sabine, mach auf jeden Fall Schluss mit dem Typen. Lass dich bloß nicht wieder kleinkriegen. Ich hab ein ungutes Gefühl.«

»Ich auch.«

Es klingelt wieder. Ich kann ihn unmöglich warten lassen, sonst läuft er mir noch weg!

»Wir sehen uns morgen in der Schule. Du schaffst das schon.«

»Klar.«

Ihre Stimme klingt ganz stumpf, sie seufzt und schiebt zuletzt ein Tschüss hinterher.
»Tschüss«, flüstere ich zurück. Puh.
Dann knalle ich den Hörer auf die Gabel und flitze zur Tür.
Cool bleiben, Baby! – Philipp wartet!!!

Ein Klicken in der Leitung und weg ist sie.
Meine Hand zittert und das Schellen, das plötzlich auch in unser Haus gedrungen ist, wird immer heftiger. Nur bei mir steht mit tödlicher Sicherheit kein Philipp vor der Tür.
Bei mir nicht.
Das Schellen wird energischer, fast aggressiv.
Es könnten auch meine Eltern sein, aber die haben einen Schlüssel.
Es könnte auch ...
Wenn ich jetzt Inga wäre! Nur für die nächste Stunde! Einmal eine Stunde lang Inga sein!
Ich bin ja bekloppt, ich tue ja so, als wäre ich Aschenbrödel. Das ist doch Unsinn. Früher war ich doch glücklich.
»Du schaffst das schon«, hat Inga zu mir gesagt.
Ausgerechnet von Inga bekomme ich so etwas gesagt.
Ich schleiche zur Tür und bemühe mich, gerade zu gehen.
Sicheres Auftreten ist wichtig, würde Inga sagen.
Das Geklingel hat aufgehört. Ich tapse durch den Flur wie durch die Stille vor dem Sturm. Er wartet vor der Haustür.

Hat sich auf den Boden gesetzt, dreht langsam den Kopf über die Schulter nach oben, grinst.
»Ach nee, das Bienchen. Summ, summ, summ, summ.« Ich sage nichts, fühle nichts.
»Lass dich bloß nicht wieder unterkriegen«, hat Inga gesagt. Inga und Philipp. Und ich?
»Na? Hast du meine Liebesbotschaft gelesen?«
Er richtet sich auf.
»Wow! Genial!«, hat Inga gesagt.
Er steht direkt vor mir.
Ich darf mich nicht kleinkriegen lassen!
»Ich liebe dich, Bienchen. Hey, guck doch nicht so, was ist, willst du mich vor der Tür stehen lassen!«
Er legt den Kopf schief, streichelt mit seinem Finger über meine Nasenspitze.
Ich weiche zurück.
»Lass mich, ich will nicht mehr!«
»Ach Bienchen, komm!«
Er streckt den Arm nach mir aus, ich stoße ihn weg.
»Ich will nicht mehr. Es ist Schluss. Ich will nicht mehr.«
Ich krieg's gleich mit der Angst. Irgendwie guckt er schon wieder so komisch.
»Liebst du mich denn nicht mehr?«
Wie traurig er aussieht, als habe er Tränen in den Augen, aber die sind doch immer so wässrig, so ausgelaufen …
Ich darf mich nicht kleinkriegen lassen!

»Ich liebe dich, Bienchen, ich kann ohne dich gar nicht leben!«
»Nein. Es ist Schluss! Verstehst du nicht! Geh endlich, bitte!«
»Bienchen, so lange –«
Er weint jetzt wirklich.
Ich hab Angst, wenn er weint.
Ich weiß nicht wieso, aber ich hab Angst vor ihm.
»Bienchen, komm zurück!«
Er streckt die Hand nach mir aus. Die Hand mit den abgekauten Fingernägeln – ich will nicht!
Ich darf mich nicht kleinkriegen lassen!
Ich darf ihn jetzt nicht wieder …
»Nein!«
Ich schreie, knalle die Tür zu. Drehe den Schlüssel zwei-, dreimal im Schloss um, schiebe die Kette vor.
Er klingelt draußen wie ein Wilder, öffnet den Briefkasten, ruft: »Komm zurück!«
Komm zurück – komm zurück, immer wieder. Ich hole einen Stuhl aus der Küche, schiebe ihn vor die Tür. Zittere, habe ein feuchtes Gesicht. Das sind Tränen. Bah, ich hasse Tränen!
Dann ist es still. Nur mein Herz klopft.
Es schlägt so laut, dass ich fürchte, es würde ein Loch in die Haut schlagen, ein Loch in meinen Körper.
Aber dann bleibt alles still.
Ich sitze auf dem Fußboden und zittere. Er schellt nicht mehr.

Aber vielleicht ist er dennoch vor der Tür.
Ich schleiche zur Küche wie ein Verbrecher. Vom Küchenfenster aus kann man den gesamten Eingang überblicken.
Vorsichtig spähe ich durch die Tür –
da ist er.
Ganz nah. Vor dem Fenster.
Das Fenster ist gekippt und seine Nase drückt weiß und fleischig gegen die Scheibe.
Er kann nicht rein.
Das Fenster ist zu hoch. Er kann sich unmöglich lange so halten, halb am Fensterbrett hängend, mit einem Bein auf dem Blumenkübel.
Trotzdem schreie ich –
er kann nicht rein, aber –
sein Gesicht ist wie eine Fratze. Er weint und es ist Alex, der da weint, mein Alex, nein!
Er ist so entstellt –
Jetzt reckt er sich noch einmal vor und guckt mich an. Seine Gesichtszüge entspannen sich.
»Du«, sagt er, und auch seine Stimme gleitet wieder ins Sichere, Normale: »Du läufst mir nicht davon!«

»Du läufst mir nicht davon!«
Ich schleppe diesen Satz wie einen Fluch mit mir rum. Beim Abendessen kann ich keinen Bissen runterkriegen und nicht sprechen. Meine Mutter glaubt, ich sei beleidigt und sauer auf sie, wolle ihr was. Ach nein,

aber ich kann auch nicht mit ihr reden und ihr alles sagen, weil sie das nicht verstehen würde und vielleicht auch gar nicht hören will.
Ich sitze da und starre so lange auf meinen Teller, bis mich mein Vater wütend anfährt: »Mach endlich ein anderes Gesicht, das ist ja nicht zum Aushalten! Und schaff klare Verhältnisse mit deinem Freund. Es muss doch mal Schluss sein mit dem Theater!
Hast du ihn eigentlich gefragt, wann er die Schmierereien auf der Straße wieder wegmacht?«
»Nein!« Ich stehe auf.
»Ich will ihn nicht sprechen. Ihr müsst ihn schon selbst fragen.«
Mir ist auch klar, dass es nicht der richtige Weg ist wütend aus dem Zimmer zu rennen und mich stur zu stellen. Aber sie nehmen Alex sowieso nichts übel.
Sie halten doch immer zu ihm.
Alex, der Kluge, der sein Abi mit 1,6 gemacht hat, der so gut ist in Mathe und der so geschickt Autos reparieren kann, Samstag vormittags mit den Nachbarn vor der Garage. Ein Fläschchen Bier dabei und mein Vater braucht ihm nur noch den Arm um die Schultern zu legen –
der zukünftige Schwiegersohn.
Alle halten doch zu Alex.
Ich drehe laut Musik auf und denke an Inga. Nenne mich selbst Inga. Inga tanzt mit Philipp unter den Sternen, Philipp hat wuschelige Haare und brombeer-

farbene Augen – Inga, die Unwiderstehliche, die Interessante, die Schöne, die freie Inga, ich tanze, ich fliege mit Philipp davon, durch die Nacht, bis ans Ende der Welt.
Niemand hält mich. Ich fliege euch allen davon.
Ich bin ein Sandkorn im Wirbelsturm, niemand kann mich mehr finden, niemand kann mir mehr etwas tun.
Ich breite die Arme aus und einen kurzen Moment, bis ich mit der Hand gegen den Schrank stoße und ein paar Bücher runterwerfe, fühle ich mich wirklich glücklich.

Gegen 20 Uhr wirft er Steinchen ans Fenster. Meine Eltern gucken Fernsehen auf der anderen Hausseite und bekommen nichts mit. Er steht unten, sein Gesicht eine ovale, weiße Scheibe, die ich nicht kenne.
Vielleicht hat er eine Maske auf. Ich traue ihm alles zu.
Er hat eine wimmernde Stimme, die immer leerer und resignierter klingt, je öfter er die zwei Worte wiederholt: »Komm zurück!«
Ich ziehe es vor nicht zu antworten, stehe oben und kann das Fenster nicht schließen, obwohl ich das gerne täte. Sogar die Rollläden möchte ich runterziehen.
Ich kann aber nicht. Das kann ich einfach nicht.
Ich bin gemein zu ihm.

Schon tun mir wieder die Augen weh. Von den vielen Tränen sind sie rot und geschwollen.
Er steht da unten und flüstert immer wieder: »Komm zurück. Komm zurück. Komm zurück.«
»Ich kann nicht«, rufe ich, »es tut mir Leid.«
Er schüttelt den Kopf und ich fange an zu zittern, als stünde ich unter Strom.
Ich möchte jemanden umarmen, ich möchte jemanden, der mich festhält, dem ich alles sagen kann.
Lass dich nicht kleinkriegen!
Komm zurück!
»Bienchen, summ, summ!«
Seine Stimme ist so unendlich traurig.
Nein! Das ist nur ein Trick, auf den du hereinfallen sollst, lass dich nicht kleinkriegen, nimm dich ernst, steh zu dir, das ist eine Falle! Inga –
»Komm zurück, Biene!«
Ich weine, aber ich rühre mich nicht. Nicht einen einzigen Laut gebe ich von mir.
Da zuckt er mit den Schultern und geht.
In mir drin ist ein Gefühl, als ob etwas zerreißt. Mir tut alles weh, aber –
ich hab mich nicht kleinkriegen lassen.
Zum allerersten Mal.
Inga wird … ach, Inga … ich …

In der Nacht explodieren ein paar Silvesterknaller in unserem Garten.

Ich weiß, er sammelt immer welche, hebt sich einen Vorrat auf. –
»Man weiß ja nie, wofür man die brauchen kann.«
Mein Vater tobt im Schlafzimmer.
»Ich will den hier nicht mehr sehen! Was fällt dem ein, Sabine, was habt ihr miteinander? Sabine! Hast du nichts zu sagen?!«
Meine Mutter schleppt ihn schließlich zurück ins Schlafzimmer. Wir sollen morgen darüber reden.
Ich habe nichts zu sagen.
Was soll ich sagen?
Als er dreizehnmal gekracht hat, atme ich auf.
Jetzt hat er keine mehr.
Und ich hab keine Tränen mehr, ich will nur noch schlafen.

Freitag Morgen und die Sonne lockt mich. Nur noch vier Stunden Schule bis zum Wochenende.
Philipp hat freitags später, er kann im Bett liegen bleiben und von gestern Abend träumen, die faule Socke – dafür erwartet mich Sabine in der Pause, sie steht verloren inmitten der Pausenhalle und ihr Strickpulli hängt an ihr wie ein Kettenhemd. Überhaupt hängt alles an ihr nach unten, Haare, Schultern, Mundwinkel.
»Hallo«, rufe ich extra laut, »geiles Wetter heute, was?«
»Hmm.«
»Was ist los, ist dir die Petersilie verhagelt?«
»Ha, Ha.«
»Du scheinst nicht gut drauf zu sein.«
Sie dreht sich um und ich hake mich bei ihr ein.
»Du müsstest mal hier raus, Sabine. Sollen wir nicht in den Osterferien wegfahren?«
»Wohin denn?«
Sie zieht das »wohin« so in die Länge, dass ich gleich keine Lust mehr haben werde überhaupt zu antworten. Da mache ich ja lieber zwei Stunden Mathe beim Giftzwerg, als mit dieser vertrockneten Pflanze herumzuziehen.
Wir schlendern zur Bäckerei und schleichen schwei-

gend zurück, während sie ein Schokobrötchen nach dem anderen verdrückt.
»Hast du denn solche Probleme?«, frage ich, obwohl ich genau weiß, was jetzt kommt.
»Liebeskummer«, antwortet sie.
Ich verschlucke mich fast vor Schreck.
»Was? Ich dachte, alles sei geklärt? Du hast doch Schluss gemacht, oder etwa doch nicht?«
»Ja schon, aber …«
»Dann versteh ich nicht, was du noch willst!«
Sie schweigt und steckt das Gesicht in die Brötchentüte, um die letzten Krümel aufzulecken. Mir reicht's.
»Bis nachher«, verabschiede ich mich, klopfe ihr auf die Schulter und verschwinde erst mal.
Lange halte ich das nicht mehr aus.
In Mathe kann ich nicht mal in Ruhe von Philipp träumen, weil ich dauernd an Sabine denken muss. Manchmal fällt mir wieder ein, was sie am Telefon gesagt hat. Das war 'ne eiskalte Dusche. Dazu ihr blasses Gesicht, die Schokoladenschnute und dann das eine Wort: Liebeskummer.
Das begreife ich nicht. Irgendwie muss ihr doch zu helfen sein. Auf dem Heimweg halten wir uns an den Händen. Ich rede auf sie ein und erzähle von Philipp, von der Disco, den Lichtern und seinen Sommersprossen. Wie sich hinterher alles gedreht hat, ganz leicht …
Sabines Hand ist kalt und sie gibt keinen Ton von sich.

Mich packt bereits die Verzweiflung, ich weiß nicht, was ich noch tun könnte, als ich vor ihrem Haus das rote Auto sehe.
»Ist er das?«
»Ja.« Sie sieht aus wie der sterbende Schwan. Ich fühle, wie ich wütend werde.
»Komm, jetzt reden wir mit ihm! Ich komme mit!«
Sie sieht mich entsetzt an.
»Willst du wirklich?«
Ich knurre böse und ziehe sie hinter mir her auf das Haus zu. Das sieht ja lecker aus hier. Auf der Straße prangt die originelle Liebeserklärung und vor der Tür liegen ein paar Blumen. Sabine bleibt stehen. Ich klingele und drehe mich nach ihr um. Natürlich, sie guckt auf die Schrift, die Blumen, das Auto.
Verflixt noch mal, man kann richtig sehen, wie sie das schlechte Gewissen packt. So ein Unsinn. Gleich fängt sie wieder an von Liebe zu schwafeln. Liebe gibt's nicht, wann rafft sie das endlich.
Ich schelle noch mal. Es ist nicht zum Aushalten. Dann geht die Tür auf und dieser Typ steht vor mir. Was hat der da drinnen zu suchen?
Ich krieg gleich 'nen Anfall.
»Ja, bitte?«, fragt er stinkfreundlich.
Bah, ist der ekelig.
»Na, du Dreckskerl«, sag ich wütend, wütend über den Typen, über Sabine, über die ganze dämliche Situation.

»Was willst du hier?«, faucht er zurück.

»Was willst du noch hier? Sabine hat Schluss gemacht, du hast hier nichts mehr zu suchen!«

Er wirkt einen Moment erstaunt, kommt sogar aus dem Eingang raus, als Sabine von hinten angeschossen kommt.

Jetzt fall mir bloß nicht in den Rücken, denke ich und halte die Luft an.

»Stimmt das?«, wendet er sich an Sabine.

Sabine sagt nichts, zittert nur.

»Stimmt das?«

Er macht ein paar drohende Schritte auf sie zu.

»Ja«, schreie ich, »das stimmt! Hau bloß ab, wir wollen dich hier nicht mehr sehen!«

Die Luft ist zum Zerreißen gespannt, bis ihre Mutter in der Tür auftaucht.

»Was ist denn hier los?«

»Ich gehe jetzt. Sabine soll sehen, wie sie ohne mich klarkommt.«

»Das wird sie gut«, zische ich.

Ihre Mutter sagt nichts, auch Sabine selbst schweigt – ich glaub es einfach nicht.

»Okay.« Alex nickt.

»Mein Freund und ich machen die Schrift heute Abend weg, keine Sorge. Das stimmt ja nun nicht mehr. Auf persönlichen Wunsch von Fräulein Sabine. Tja …«

Er grinst hämisch.

»Ich hole mir nachher alles ab, was ich dir geliehen habe, und dass du nichts vergisst, ist das klar?!!«
Er dreht sich um und stolziert zum Auto.
Sabine sieht aus, als ob sie ihm jeden Moment nachrennen würde. Ich will ihm irgendetwas hinterherbrüllen, aber mir fällt nichts richtig Gemeines ein.
Sabine heult jetzt.
Die Autotür knallt.
Ich will Sabine festhalten, bevor sie wieder weich wird, aber dann ist auch schon ihre Mutter da und wir stehen Arm in Arm, alle drei, während er hupend davonbraust.
Jetzt ist es überstanden. Ich fühle mich gleich viel besser.
»Lieber ein Ende mit Schrecken als ein Schrecken ohne Ende«, flüstere ich und fühle mich richtig gut.
Sabine klammert sich an ihre Mutter und die drückt mir die Hand.
Ob ich nicht noch mit reinkommen wolle? Nein, besser nicht.
Ich stehe nicht so auf Sentimentalitäten.
Sabine winkt und ich hopse vergnügt nach Hause. Springe auf einem Bein über die Straßenpflasterkästchen und fühle mich wirklich prächtig. Yeah! Gleich rufe ich Philipp an und wir haben Wochenende.
Ende gut, alles gut, oder?

Jetzt ist er also weg. Für immer.
Ich weiß nicht, ob ich jammern oder jubeln soll.
Meine Mutter bringt mir eine Tasse heißen Kakao. Sie lächelt seltsam und bleibt neben mir am Fenster stehen. Ich trinke im Stehen. Die heiße Flüssigkeit tut gut und ich fühle mich gleich besser.
»Lieber ein Ende mit Schrecken als ein Schrecken ohne Ende«, murmelt sie leise, »nur gut, dass das Ende nicht so schrecklich war.«
Ich drücke sie an mich und bin ihr dankbar für den Kakao und alles. Dann geht sie und ich bleibe am Fenster stehen.

Gegen Abend kommt er mit einem Freund, sie säubern die Straße mit irgendeinem Lösungsmittel. Dauernd stecken sie die Köpfe zusammen und reden miteinander – sicher über mich. Ich beobachte sie durchs Küchenfenster und weiß nicht, was ich machen soll.
Als meine Eltern später zu einer Party bei Bekannten fahren, ist die Schrift nur noch eine schmierige Spur auf der Straße.
Unkenntlich und rot.
Das ist das Ende.
Ich sitze im Wohnzimmer und gucke Tatort, als es

klingelt. Meine Eltern können's nicht sein, Inga vielleicht oder ER.
Draußen ist's schon dunkel.
Ich muss das Licht in der Küche löschen, um zu sehen, wer draußen vor der Tür steht. Irgendwie hab ich ein komisches Gefühl, warum, kann ich nicht sagen.
Er ist es, winkt, grinst, fröhlich fast.
»Ich will nur meine Sachen abholen!«
Seine Sachen. Ach ja, richtig.
Zwei, drei Schallplatten und ein Science-Fiction Roman. Ich habe alles schon vorhin oben auf meinen Schreibtisch gelegt, zu seinem Foto und dem Stapel Liebesbriefe. Ob ich ihm die auch geben soll?
Ich weiß nicht. Ich weiß gar nichts mehr.
Als ich die Haustür öffne, wird sein Grinsen noch breiter.
Er sieht so anders aus, so fremd, mein Alex, das ist … das war …
»Kann ich reinkommen oder darf ich das jetzt nicht mehr?«
Ich zucke die Achseln, gehe rauf, um die Sachen zu holen. Danach bin ich ihn los. Mir ist so schlecht.
Schon auf der Treppe höre ich, dass er mir nachkommt. Im Zimmer ist kein Licht, ich drücke es im Vorbeigehen an, hetze zum Schreibtisch.
Da liegen seine Sachen.
Ich will ihn loswerden. Ich hab Angst.

Schon sind seine Schritte auf der Treppe.
Ich drücke die Platten an mich, drehe mich um.
Er ist jetzt in der Tür.
Ich hab überall 'ne Gänsehaut.
»Hier sind deine Sachen ...«
Eigentlich will ich noch mehr sagen, aber meine Stimme geht unter – er sieht so bedrohlich aus.
Seine Augen – wie ein Tier – nein
krank –
Ich hab Angst.
Als er das Licht löscht, fallen mir die Platten aus dem Arm. Ein polterndes Geräusch am Boden, dann seine Stimme – schneidend, ein Messer, auf mich gerichtet.
»Ich hab's dir gesagt, du läufst mir nicht davon!«
O Gott, o Gott, lass es nur einen Alptraum, einen Film, irgendeinen schrecklichen, blöden Psycho-Thriller sein, den sich irgendwer ausgedacht hat, nicht ich, nicht mich, nein ...
Ich mache drei Schritte zurück auf den Schreibtisch zu, irgendetwas fällt scheppernd herunter, die Kakaotasse von heute Mittag, die Schulhefte, der Packen mit den Briefen.
Ich höre ihn kommen.
Ein Poltern, ein wildes Tier. In meiner Angst rudere ich mit den Armen.
Wieder fällt etwas herunter. Auf die Tasse wahrscheinlich, sie zerbricht in Stücke.

Wo ist der Nachmittag, das Licht, wo ist – meine Mutter – irgendjemand, irgendjemand –
Ich höre mich schreien, bevor er mich packt. Er ist doch viel stärker als ich. Er hält mir den Mund zu. Gleich wache ich auf oder ich sterbe vor Angst.
»Was schreist du so? Du kennst mich doch! Ich hab dir doch gesagt, dass du mir nicht davonläufst!«
Wenn Inga da wäre, irgendjemand, Inga – wo bist du? Sein Körper ganz nah an mir, sein Herzschlag, der meinen übertönt, mein Vogelherz hat aufgehört zu schlagen, der Vogel ist abgeschossen, mitten ins Herz, das Blut läuft ihm die Brust herunter, den Bauch, die Beine – Nein!
Ich kann nicht schreien. Ich kann nicht fliegen. Ich kann mich nicht bewegen.
Er ist so schwer. Er erdrückt mich.
Nein, bitte hör auf! Er wird mich erdrücken!
»Du läufst mir nicht mehr davon!«
Nein, bitte! Warum hilft mir keiner!
Warum wache ich denn nicht auf? Warum kann es denn nicht zu Ende sein? Ich möchte tot sein.
Bitte, er erdrückt mich, er tut mir weh, ich möchte tot –
Das darf doch nicht wahr sein.
Ich höre, wie meine Sachen zerreißen, mein Lieblingspullover – er hat mich immer geschützt – die Bluse –
Ich kann mich nicht wehren, er hält meine Handgelenke fest –

Ich schreie, er drückt mir seinen Mund ins Gesicht –
Das kann er doch nicht machen. Das kann er doch nicht – er bringt mich noch um.
Er tut mir weh – lass es vorbei sein –
lass es nur vorbei sein – alles tut weh –
und das Vogelblut läuft in einer roten Spur über die Straße, über meine Beine.
»Du läufst mir nicht davon, jetzt läufst du mir nicht mehr davon!«
Wie ein Tier. Tiere sind nicht so. Nichts ist so. Ich sterbe. Nein, bitte. Nimm deinen Körper weg, bitte –
meiner ist nur noch ein schwarzer Fleck –
ein Loch, ein Ende mit Schrecken –
»… denn du läufst mir nicht davon!«
Endlich hält er mich nicht mehr fest, ich kann mich befreien.
Ich kann nicht aufstehen –
Ich bin das nicht –
Alles tut weh –
Lauf weg, lauf weg, nur weg, mit dem schwarzen Fleck im Bauch, weg vor dem Ungeheuer in meinem Zimmer –
hinter mir her ziehe ich ein Spur – blutrot –
wässrig wie seine Augen –
das bin nicht mehr ich –
das ist nicht mehr er –
nicht mehr ich,
ich bin nicht mehr.

Jetzt schläft sie. Endlich.

Ich schließe die Tür und sehe Philipp ratlos an. Er hakt sich bei mir ein und wir schleichen rüber ins Wohnzimmer. Dort setzen wir uns auf die Couch, er legt den Arm um mich und streichelt mir den Nacken.

Im Aquarium schwimmen die Fische langsam im Kreis herum. Das grünliche Licht zeichnet Muster auf den Boden, lässt so was wie Ruhe herausschwappen, während die Fische langsam im Kreis schwimmen.

Ich will mich nicht beruhigen.

Sabine –

Der Abend war so schön. Gemütlich, und dann vielversprechend. Offen für Überraschungen sozusagen.

Meine Eltern sind übers Wochenende im Ferienhaus, mein Bruder auf einer Party. Mit Philipp im Kerzenlicht auf dem Balkon mit einer Flasche Wein.

Philipp streichelt meine Haare. Alles ist einfach. Und dann das. Ich stöhne auf und Philipp drückt mich an sich.

»Lass uns schlafen gehen, Inga. Das ist das Beste. Sie schläft ja auch.«

Ja, jetzt schläft sie. Sabine.

Wie sie aussah.

Zuerst fiel mir auf, dass sie keinen Strickpullover trug. Die Haare, das Gesicht, zerzaust und aufgewühlt – die Haut, blass mit roten Flecken, die Augen, rund und riesig groß. Wie zwei leere, schwarze Löcher waren diese Augen, ihre Hände, die hektischen, abgehackten Bewegungen.

Die ganze Erscheinung da draußen vor unserer Tür.

»Mensch, Bienchen!«

Sie hat nicht gesprochen, nicht geschrien, nur leise geweint. Die Augen so ausdruckslos wie schwarze Löcher. Als ob sie schon tot sei irgendwie.

Ich wusste gar nicht, was ich tun sollte.

Gut, dass Philipp da ist.

Ich kuschele mich an ihn.

»Komm, lass uns gehen, sie schläft doch auch jetzt.«

Ja, sie schläft. Wir haben ihr so einen komischen Tee gemacht mit Beruhigungskräutern aus dem Bio-Laden. Sie hat ihn getrunken und heiß geduscht, alles ohne ein Wort zu sagen. Nur mit diesem glasigen Blick. Dann haben wir sie in mein Bett gesteckt und so lange gewartet, bis sie eingeschlafen ist.

Sie hat nicht ein Wort gesagt. Wie die Fische.

Ich betrachte die Fische und mir fallen die Augen zu.

Wo bin ich?
Das ist nicht mein Zimmer. Die Poster mit den Palmen und der Krimskrams auf dem Boden.
Das ist nicht mein Bett, sind nicht meine Sachen.
Mich gibt's ja gar nicht mehr.
Ich stehe auf und erblicke mich gleich im Spiegel. Also muss ich bei Inga sein, nur sie bringt es fertig, einen Spiegel direkt über dem Bett anzubringen.
Ich sehe fürchterlich aus.
Aber vielleicht bin ich das ja gar nicht.
Ich hab nur was Schreckliches geträumt.
So kann ich mich nicht ansehen, halte mir die Augen zu, wanke zum Badezimmer.
Mir ist übel.
Mir tut alles weh.
Im Badezimmer ist schon wieder ein Spiegel. »Guten Morgen, Muffel Markus«, steht auf 'nem selbst gemalten Aufkleber. Na toll.
Markus ist bestimmt ihr Bruder. Der hätte mir gerade noch gefehlt.
Ich will mich nicht ansehen und kann mich trotzdem vom Spiegel nicht wegrühren.
Das bin ich nicht.
Das kann ich nicht sein.

Mich gibt's nicht mehr.
Seit gestern gibt's mich nicht mehr.
Mir ist schlecht.
Ich glaube, ich muss mich übergeben.

Ich habe alles getan, was ich konnte. Hab Kaffee gekocht, Frühstück gemacht und sogar 'ne Kerze auf den Tisch gestellt.
Zu dritt haben wir gefrühstückt, so gegen elf kam auch noch mein Bruder dazu.
Er sah ganz schön verkatert aus und hat Sabine gleich gefragt: »Boh – du hast aber gestern auch gesoffen, was?«
»Markus, du Idiot!«
Ich bin fast ausgerastet. Jetzt ist alles aus, dachte ich. Die ganze Zeit hat sie schon so apathisch geguckt und ausgesehen, als müsse sie sich jeden Moment wieder übergeben, gegessen hat sie auch nichts und jetzt wurden ihre Augen noch größer.
Aber dann, oh Wunder, hat sie leise »nee, eigentlich nicht« genuschelt und ganz, ganz langsam angefangen zu erzählen.
Die Jungen waren ziemlich cool, aber ich konnte kaum zuhören, wollte auch nicht mehr zuhören und hab die ganze Zeit krampfhaft versucht, an was Schönes zu denken. Irgendwas Schönes. Die Ferien zum Beispiel. Wir könnten zusammen wegfahren.
Alles vergessen, ausspannen, ein neues Leben anfangen.

Ich weiß nicht, ob Sabine das kann. Als wir sie nachher nach Hause gebracht haben, hat sie gezittert, als ob sie unter Strom stünde. Ich konnt's kaum mit ansehen. Wenn ich an ihr Zimmer denke, ihr Gesicht, ihre Augen …

Sonntag Nachmittag.
Sie ist ans Telefon gegangen. Endlich.
Ihre Mutter hat gesagt, sie habe sich schon wieder bekrabbelt. Aber Sabines Stimme war sehr fremd, klanglos. »Na?«
»Hallo.«
»Wie geht's dir?«
»Muss gehen. Komisch irgendwie. Ich halt's hier nicht aus und andererseits traue ich mich nicht raus.«
»Am Freitag fahren wir ja erst mal weg. Drei Wochen an die Ostsee. Ist zwar ein pieseliges Dorf, nicht viel los, aber dann geht's dir bestimmt besser, wenn wir erst mal hier raus sind.«
»Ja. – Ja, ich freu mich auch.«
»Du schaffst das schon. Hey, Sabine, wir lassen uns doch nicht unterkriegen, wir fangen ganz neu an.«
»Ja.«
Irgendwie komme ich mir schon wieder blöd vor. Richtig dumm. Ich schwafele von Fete und Abenteuer, und sie pfeift aus dem letzten Loch.
Ich weiß nicht, was ich sagen soll.
Am liebsten möchte ich auflegen. Wir schweigen.

Aber dann sagt sie, wenn auch leise und mit heiserer Stimme, dennoch deutlich: »Wir können uns nachher bei den Schaukelpferden treffen. So kurz bevor es Abend wird, wenn die Sonne schon schräg steht.«
»Okay«, antworte ich. Na also.
Jetzt warte ich schon fast eine halbe Stunde auf Sabine.
»Wenn die Sonne schräg steht«, hat sie gesagt.
Die Sonne steht doch nie schräg, das ist doch Quatsch.
Ich schaukle hin und her, warte.
Die kleinen Kinder rutschen und bewerfen sich solange mit Sand, bis eines flennt und eine dicke Mutti angerannt kommt und es nach Hause schleppt.
Langsam wird's still hier zwischen den Coladosen und Bonbonpapierchen. Aus den Häusern Geräusche: Geschirrklappern, Kindergeschrei, Fernsehen.
Der Himmel grau, voller blauer Flecke.
Es wird Sommer und Sabine kommt nicht.
Der Geruch von Bratkartoffeln zieht über mich hinweg, irgendwo Lachen, alles heile Welt.
Heile Welt und Sabine.
Sie wird vielleicht gar nicht kommen. Ich scharre mit dem Fuß Muster in den Sand.
Denke an diesen Alex, der jetzt irgendwo mit seinem roten Auto durch die Stadt fährt und schüchternen Mädchen nachpfeift.
Sabine will ihn nicht mal anzeigen. Ich verstehe das nicht. Ich würde …

Wenn das einer mit mir wagen würde …
Wenn mich nur einer so schief angucken würde …
Ich schaukle hin und her.
Ob sie kommen wird?
Ob wir noch mal wie vorher hier sitzen können und träumen?
Einfach losreiten. In ein paar Tagen fahren wir zusammen in den Urlaub. Das wird sicher nicht einfach. Und wenn schon.
In die Wolken reiten und alles loslassen.
Kindergeschrei, Geschirrgeklappern, Coladosen.
Ich verschränke die Hände im Nacken.
Wird sie kommen?
Sabine ist zäh. Die steht drüber. Die schafft das.
Quatsch. Sie steht nicht drüber, das sieht man doch.
Keine steht über so was.
Ich werd umsonst warten. Aber vielleicht kommt sie doch. Es ist manchmal verrückt im Leben, man könnte alles hinschmeißen und dann guckt man in die Wolken, findet so'n blaues Fleckchen, und da düst man durch, auf einem Spielzeugpferd, einfach so.
Deshalb weiß ich auch, dass sie das ist, als mir jemand von hinten auf die Schulter tippt.
»Hallo, Inga!«
»Hallo!«
Sie hat sich die Haare schneiden lassen, mit kurzen sieht sie ganz anders aus. Ihr Gesicht ist blass und ein bisschen aufgebläht, aber sie lächelt.

Ich lächle auch. So ist das eben.
Dann geht sie zu dem anderen Pferd hinüber und von hinten sehe ich, dass sie sich ein Strähnchen lang gelassen hat. Es ist zum Zopf geflochten und am Ende stecken drei bunte Perlen.
Eine rot, eine gelb, eine blau.
Sie setzt sich, grinst rüber. Ich grinse zurück.
»Hi, Sabine! Ich reite nach Süden.«
Sie sieht mich lange an, lacht auf einmal und winkt.
»Gut, ich komme mit.«

Sophie Brandes
Total blauäugig
Roman
Gulliver Taschenbuch (78728), 216 Seiten *ab 14*

»Sei froh, daß ich auf dich steh«, sagt Kemmel, »sonst würd ich dir was antun.« Ohne Schuld zu verspüren, vergewaltigt er die neunzehnjährige Marieluise. Völlig verstört zieht sich das Mädchen in sich selbst zurück, voll Abscheu, am meisten gegen sich selbst. Nach dem Abitur verläßt sie fluchtartig die elterliche Wohnung, die Stadt, ja sogar das Land. Je weiter weg, desto besser, denkt sie und nimmt eine Au-pair-Stelle in Paris an. Doch so einfach ist die Lösung nicht. Marieluise macht viele neue Erfahrungen, gewinnt Freunde; aber es dauert eine ganze Zeit, bis sie sich selbst wieder akzeptieren und neue Lebensperspektiven entwickeln kann.

Beltz & Gelberg
Beltz Verlag, Postfach 100154, 69441 Weinheim